人间词话

中 华 经 典 诗 话

〔清〕王国维 撰　彭玉平 评注

中華書局

图书在版编目(CIP)数据

人间词话/(清)王国维撰;彭玉平评注. —北京:
中华书局,2014.4(2019.6重印)
(中华经典诗话)
ISBN 978 - 7 - 101 - 10008 - 2

Ⅰ.人… Ⅱ.①王…②彭… Ⅲ.诗话 - 中国 - 清代
Ⅳ.I207.22

中国版本图书馆 CIP 数据核字(2014)第 026092 号

书　　名	人间词话
撰　　者	〔清〕王国维
评 注 者	彭玉平
丛 书 名	中华经典诗话
责任编辑	王守青
出版发行	中华书局
	(北京市丰台区太平桥西里38 号　100073)
	http://www.zhbc.com.cn
	E-mail:zhbc@ zhbc.com.cn
印　　刷	北京市白帆印务有限公司
版　　次	2014 年 4 月北京第 1 版
	2019 年 6 月北京第 5 次印刷
规　　格	开本/787 × 960 毫米　1/16
	印张 12　插页 2　字数 80 千字
印　　数	18001 - 21000 册
国际书号	ISBN 978 - 7 - 101 - 10008 - 2
定　　价	24.00 元

前　言

　　《人间词话》最初发表于从 1908 至 1909 年之交的《国粹学报》，距今已有 100 多年的历史。100 多年来，《人间词话》的文化、学术影响越来越大，并最终成就其经典地位。这在 20 世纪的文论中，应该是一个很特殊的现象。虽然《人间词话》在走向经典的过程中，也经历过被质疑甚至被否定，但其带有现代色彩的理论以及对 20 世纪文学理论的重大影响却是谁也无法否定，也是其他词话所无法替代的。早在 1926 年，俞平伯便在《重印〈人间词话〉序》中说，像《人间词话》这样的著作是"固非胸罗万卷者不能道"，所以其"书中所暗示的端绪，如引而申之，正可成一庞然巨帙"。因此，对《人间词话》的解读维度一定是多维的，这是坊间有关《人间词话》各种注本评本众多的背景所在。当然对王国维了解的程度越深，解读的精准度也就相应越高。

一、《人间词话》的词学范畴及其范畴体系

　　王国维（1877—1927），初名德桢，字静安，又字伯隅，号观堂，又有人间、礼堂、永观等号，浙江海宁人。著有《静安文集》、《观堂集林》等。《人

间词话》当撰写于 1908 年。在撰述词话初期，王国维似尚未有提出境界说的明确想法，故其前 30 则大都是对古代诗论、词论的斟酌之词，以及对词史上的若干重要词人进行一些随感式的评点。直到第 31 则才开始提出"境界"问题，而且其关于境界说的表述在此后也非完全以连续性条目的方式出现，而是错杂在诸条目之中，这说明王国维的词学思想是在一种边撰述边思考的过程中完成的。1908 年 10 月之前，王国维从中挑选 64 则（含临时补写一则），分三期连载于 1908 至 1909 年之交的上海《国粹学报》，具体是第 47 期 21 则（1908 年 10 月），第 48 期 18 则（1908 年 11 月），第 50 期 25 则（1909 年 1 月）。因为手稿已经完成，可以将在撰述过程中逐渐成型的词学思想以一种成熟的结构体系的方式表现出来，如此才有了我们现在熟知的以"境界"说开篇的初刊本《人间词话》。

王国维为什么用"人间"来命名其词话？赵万里在《王静安先生年谱》中说因为此前王国维所作词中多次用到"人间"一词，故拈出以作词集名，《教育世界》1906、1907 年先后刊出其《人间词甲稿》、《人间词乙稿》，即是一证。今检两种词集，在全部 99 首词中，"人间"一词出现了 30 余次，这还不包括与"人间"一词相似的如"人生"、"尘寰"等。这说明赵万里的说法是有一定的事实依据的。与王国维熟稔的罗振常大概在三十年代中期所写的《人间词甲稿序·跋》中也有"《甲稿》词中'人间'字凡十余见，故以名其词云"的说法，也可佐证赵万里之说。"词话"的撰述既晚于这两种词集，词话命名因袭词集之名也属自然之事。但罗振常在跋文中同时也说："时人间方究哲学，静观人生哀乐，感慨系之。"这一方面交代了王国维何以多用"人间"一词的原因，而且直接以"人间"称呼王国维了，则"人间"也曾是王国维之号了。现存日本东洋文库的王国维不少词籍校勘的跋文即有署名"人间"的，而且罗振玉、吴昌绶等与王国维通信也多以"人间"相称，所以王国维应该是先有"人间"之号，继而以此为词集、词话名的，而最初以"人间"称呼王国维者当为罗振玉。哲学命题、被称为号、拈以为名三者实在是一个自然发展的过程。

《人间词话》的理论价值主要表现在其"境界"说，同时以"境界"为核心，王国维构建了一个境界说的范畴体系：有我之境与无我之境、造境与写境、隔与不隔、大境与小境、常人之境界与诗人之境界，等等。王国维以境界说及其范畴体系梳理词史，裁断词人词作优劣，全书的体系性颇强。王国维词学虽然在话语上推崇唐五代北宋，似乎带有明显的复古风气，但其所针砭的是当时词坛流行的师法南宋之词，以精心结构、组织文采为表象的词风，所以其词学具有救弊的时代意义，带有以复古为革新的意味，而非斤斤于传达一己之词学观念。

"境界"一词本非王国维独创，无论是作为地理上的"疆域"、"界限"意义，还是作为佛学中感官所感知的范围意义，以及诗学中用以形容创作所达到的高度和所具有的格调，其使用之例颇为广泛，而且其使用历史堪称悠久。但其基本意义——作为一种认知或审美的高度、深度和范围，并没有从根本上改变。王国维的贡献在于将"境界"作为其理论体系的核心和评判词史的基本标准，并将境界与格调联系起来，而在境界的表现形态上则更多地倾向于"句"。如此，便有了初刊本的第一则：

词以境界为最上。有境界则自成高格，自有名句。五代、北宋之词所以独绝者在此。

这一则虽然是大体从外围上解说"境界"，但起码有三点要义值得注意：第一，"境界"是王国维悬格甚高的一种对词体的审美标准，所以用"最上"来形容；第二，"境界"必须内蕴格调，外有名句；第三，"境界"是五代、北宋之词区别于其他朝代之词的重要特征，换言之，王国维的"境界"说是从对五代、北宋词的体会中提炼出来的，并以此作为词的基本体性。然则，"境界"的具体内涵是什么呢？请看如下 4 组论词条目：

境非独谓景物也，喜怒哀乐，亦人心中之一境界。故能写真景物、真感情者，谓之有境界；否则谓之无境界。（初刊本第 6 则）

词人者，不失其赤子之心者也。故生于深宫之中，长于妇人之手，是后主为人君所短处，亦即为词人所长处。（初刊本第 16 则）

"红杏枝头春意闹"，著一"闹"字，而境界全出。"云破月来花弄影"，著一"弄"字，而境界全出矣。（初刊本第 7 则）

人知和靖《点绛唇》、舜俞《苏幕遮》、永叔《少年游》三阕为咏春草绝调。不知先有正中"细雨湿流光"五字，皆能摄春草之魂者也。（初刊本第 23 则）

　　南唐中主词"菡萏香销翠叶残，西风愁起绿波间"，大有众芳芜秽、美人迟暮之感。(初刊本第 13 则)

　　词至李后主而眼界始大，感慨遂深，遂变伶工之词而为士大夫之词。(初刊本第 15 则)

　　古今词人格调之高，无如白石。惜不于意境上用力，故觉无言外之味，弦外之响，终不能与于第一流之作者也。(初刊本第 42 则)

　　冯正中词虽不失五代风格，而堂庑特大，开北宋一代风气。(初刊本第 19 则)

　　纳兰容若以自然之眼观物，以自然之舌言情。此由初入中原，未染汉人风气，故能真切如此。(初刊本第 52 则)

　　大家之作，其言情也必沁人心脾，其写景也必豁人耳目，其辞脱口而出，无矫揉妆束之态。以其所见者真，所知者深也。诗词皆然。持此以衡古今之作者，可无大误也。(初刊本第 56 则)

第一组两则说明：境界乃是从情与景二者关系而言，词人拥有赤子之心，才能将真感情、真景物表现出来；第二组两则说明：有境界的作品要能表达出景物的动态和神韵；第三组四则说明：有境界的作品往往通过寄兴的方式使作品包含着深广的感发空间，词人的眼界须开阔，寄托的意旨须深远，从中体现出词人的高格调；第四组两则说明：情景之真和感慨之深要通过自然真切的语言来加以表现。虽然历来关于境界说的解释众说纷纭，但以上 4 组 10 则词话所透露出来的境界内涵应该是比较清晰的。约而言之，所谓境界，是指词人在拥有真率朴素之心的基础上，通过寄兴的方式，用自然真切的语言，表达出外物的神韵和作者的深沉感慨，从而体现出广阔的感发空间和深长的艺术韵味。自然、真切、深沉、韵味堪称是境界说的"四要素"。

言及境界问题，同样不能回避如下一则：

> 沧浪所谓兴趣，阮亭所谓神韵，犹不过道其面目，不若鄙人拈出"境界"二字，为探其本也。（初刊本第9则）

显然，王国维是在对严羽的"兴趣"说、王士禛的"神韵"说经过认真研究之后，提出"境界"说的，所以比较兴趣、神韵和境界三说的异同，自然是不可缺少的。唐圭璋《评〈人间词话〉》一文明确指出：王国维在权衡"三说"之后得出的本末之论是缺少学理依据的，因为严羽、王士禛和王国维三人"各执一说，未能会通"，彼此入主出奴，其实是没有意义的。但王国维以境界为探本之论，乃就文艺之本质而言。兴趣、神韵之说更多着眼于已完成的作品所传达出来的一种言外之意，而境界是从作者角度切入到创作过程和作品特点的一种理论。从对创作本原的探讨而言，王国维说境界是探本，兴趣、神韵是面目，其实是符合文学理论实际的。顾随在《"境界"说我见》一文中把兴趣和神韵的意义要点理解为"无迹可求"、"言有尽而意无穷"两个方面，他认为兴趣是诗前的事，神韵是诗后的事，境界才是诗本身的事。又打比方说：兴趣是米，境界是饭，神韵是饭之香味。他说："若兴趣是米，诗则为饭……神韵由诗生。饭有饭香而饭香非饭。严之兴趣在诗前，王之神韵在诗后，皆非诗之本体。诗之本体当以静安所说为是……抓住境界二字，以其能同于兴趣，通于神韵，而又较兴趣、神韵为具体。"顾随对于三说之间的本末关系，是赞同王国维之说的。不过将兴趣、境界、神韵视为创作过程的三个阶段，似乎有强为分段的嫌疑了。

造境与写境，是王国维提出的第一组境界范畴。初刊本第 2、5 则云：

> 有造境，有写境，此理想与写实二派之所由分。然二者颇难分别。因大诗人所造之境，必合乎自然，所写之境，亦必邻于理想故也。
>
> 自然中之物，互相关系，互相限制。然其写之于文学及美术中也，必遗其关系、限制之处。故虽写实家，亦理想家也。又虽如何虚构之境，其材料必求之于自然，而其构造，亦必从自然之法则。故虽理想家，亦写实家也。

从这两则来看，造境与写境涉及作者身份、创作方式与创作流派三层内涵：从作者身份而言是指理想家与写实家，从创作方式而言是指虚构与写实，从创作流派而言是指理想派与写实派。而作者身份与创作流派都是根据创作方式的特点来进行划分的，所以造境与写境的根本在创作方式上。造境固然侧重于虚构，但并非凭空想象，而是需要遵循自然之法则去表现自然之材料；写境虽然以写实为主，但也要超越自然之物中的互相关系和限制之处，从纯粹审美的角度来观察和表现外物的审美意义。从王国维的表述来看，其实造境和写境是很难分辨的，因为无论写实与虚构都是彼此交叉，难分彼此的。之所以强分出造境与写境，不过是为了理论表述的方便而已。所以王国维在阐述这一理论时，几乎没有用多少笔墨去分辨二者之差异，而是主要强调二者之联系。

"有我之境"与"无我之境"是《人间词话》中最受关注而且争议最大的一对范畴。但对其理论意义的认识轩轾极大，有认为其命名失当者，有认为分类无理者。当然，更多是以同情之了解的心态去领会王国维的用意所在。而要领悟王国维的用心其实需要把相关论词条目整合重组之后，才能看出其中端倪所在。下列6则，我认为对于理解王国维"有我之境"与"无我之境"的具体内涵至关重要。

> 有有我之境，有无我之境。"泪眼问花花不语，乱红飞过秋千去"、"可堪孤馆闭春寒，杜鹃声里斜阳暮"，有我之境也；"采菊东篱下，悠然见南山"、"寒波澹澹起，白鸟悠悠下"，无我之境也。有我之境，以我观物，故物皆著我之色彩；无我之境，以物观物，故不知何者为我，何者为物。古人为词，写有我之境者为多，然未始不能写无我之境，此在豪杰之士能自树立耳。（初刊本第 3 则）
>
> 夫境界之呈于吾心而见于外物者，皆须臾之物。惟诗人能以此须臾之物，镌诸不朽之文字，使读者自得之。遂觉诗人之言，字字为我心中所欲言，而又非我之所能自言，此大诗人之秘妙也。境界有二：有诗人之境界，有常人之境界。诗人之境界，惟诗人能感之而能写之，故读其诗者，亦高举远慕，有遗世之意。而亦有得有不得，且得之者亦各有深浅焉。若

夫悲欢离合、羁旅行役之感，常人皆能感之，而惟诗人能写之。故其入于人者至深，而行于世也尤广。（"王国维词论汇录"第16则）

尼采谓：一切文学，余爱以血书者。后主之词，真所谓"以血书者"也。宋道君皇帝《燕山亭》词亦略似之。然道君不过自道身世之戚，后主则俨有释迦、基督担荷人类罪恶之意，其大小固不同矣。（初刊本第18则）

无我之境，人惟于静中得之。有我之境，于由动之静时得之。故一优美，一宏壮也。（初刊本第4则）

诗人对宇宙人生，须入乎其内，又须出乎其外。入乎其内，故能写之；出乎其外，故能观之。入乎其内，故有生气；出乎其外，故有高致。（初刊本第60则）

诗人必有轻视外物之意，故能以奴仆命风月；又必有重视外物之意，故能与花鸟共忧乐。（初刊本第61则）

之所以将这6则材料分为两组，是因为第一组重点阐释有我与无我之境的理论形态，而第二组则是从创作角度来分析此二境的区别与联系。从第一组的条目，大概可以得出如下结论：一、无论是有我之境，还是无我之境，都是针对物我关系而言的。二、有我之境是一般诗人都可以表现的，而无我之境则对诗人的心胸和眼界提出了更高的要求，两境之间有高下之别。三、有我之境与常人之境、小境相近，而无我之境与诗人之境、大境相近。四、有我之境强化了审美主体的地位，而弱化了审美客体的地位，相对泯灭了审美客体自身的物性，而主要承载审美主体的认知和感情。这样的作品因其情感真切具体，带有个性化色彩，所以对常人影响亦深，行世也广。如冯延巳、秦观、赵佶、周邦彦等人的相关作品，终究是带着其个人化的印记。五、无我之境中的物与我互为审美主体，或者说互为审美客体，物与我之间是彼此对等的关系。因为物我关系可以互换，所以难以分清审美主体与审美客体的区别。在这种审美状态之下，能够最大程度地超越具体的审美主体的"我性"和审美客体的"物性"，从而最大程度地表现出我性与物性的普遍性。相应地，其认知和感情因为脱离了"我"和"物"的具体或个体形态而更趋深广，所以带有普适性。如陶渊明、元好问、李煜等人的相关作品，则说出了人类共有的感情。

从第二组的条目，也可以得出如下结论：一、有我之境与无我之境其实是我与物交融后处于不同阶段的产物。二、因为重视外物，所以对于宇宙人生要深入体验，感受花鸟的忧乐，才能表达出花鸟的生气，在这种体验趋于结束之时用作品来加以表现，就能呈现出宏壮的有我之境。三、因为不能被具体的外物所限制，所以诗人要有轻视外物之意，从而超越宇宙人生的具体形态，从更高远的境界来观察，在一种沉静的审美状态中表现出优美的无我之境。

王国维的有我之境与无我之境之说因为融入了其独特的思考，所以颇具理论价值。但令人困惑的是：1915年初，王国维在《盛京时报》上再度刊发其重编本《人间词话》之时，则将这些条目尽数删除。是因为有我之境与无我之境本身难以区别，还是因为王国维觉得自己的思考尚欠成熟，还是出于其他考虑？现在已经无法起王国维以问了。但就王国维的词论来综合考察，有我之境与无我之境的区别是客观存在的，王国维的相关阐述也是比较清晰的，其理论

价值也因此值得充分估量。

"隔与不隔"也是王国维备受瞩目的理论之一。俞平伯在《重印〈人间词话〉序》中即已对这一理论予以高度评价。但追溯相关的学术史,隔与不隔其实是最容易被简化甚至被曲解的一个话题。其实在初刊本中,王国维就在隔与不隔之间提出了一个"稍隔"的概念,并列举了颜延之、黄庭坚、韦应物、柳宗元等以作代表。那么,何谓"稍隔"呢?学界对此似乎一直颇为忽略。我认为要理解王国维的隔与不隔之说,要参考王国维的最后定本——《人间词话》重编本才能予以更准确的把握。试看如下二则:

> 白石写景之作,如"二十四桥仍在,波心荡、冷月无声","数峰清苦,商略黄昏雨","高树晚蝉,说西风消息",虽格韵高绝,然如雾里看花,终隔一层。梅溪、梦窗诸家写景之病,皆在一"隔"字。(初刊本第39则)
>
> 问"隔"与"不隔"之别。曰:"生年不满百,常怀千岁忧。昼短苦夜长,何不秉烛游。""服食求神仙,多为药所误。不如饮美酒,被服纨与素。"写情如此,方为不隔。"采菊东篱下,悠然见南山。山气日夕佳,飞鸟相与还。""天似穹庐,笼盖四野。天苍苍。野茫茫。风吹草低见牛羊。"写景如此,方为不隔。词亦如之。如欧阳公《少年游》咏春草云:"阑干十二独凭春,晴碧远连云。三月二月,千里万里,行色苦愁人。"语语皆在目前,便是不隔,至换头云:"谢家池上,江淹浦畔,吟魄与离魂。"使用故事,便不如前半精彩。然欧词前既实写,故至此不能不拓开。

若通体如此，则成笑柄。南宋人词则不免通体皆是"谢家池上"矣。（重编本第 26 则）

其实解读隔与不隔的具体内涵确实是简单的。所谓隔主要表现为写景不够明晰，或者在写景中融入了太多的情感因素，导致景物的特征不鲜明，不灵动；当然，虚假、模糊的情感也属于"隔"的范畴。所谓不隔主要表现在写情、写景的真切、透彻、自然方面，能够让读者自如地深入到作品的情景中去，而了无障碍。比较难理解的是初刊本提出的介于隔与不隔之间的"稍隔"概念。初刊本只是列举，未能解说"稍隔"的内涵。重编本没有再提"稍隔"二字，却在事实上阐释了"稍隔"的主要意思。王国维以欧阳修《少年游》为例，说明了上阕"阑干"数句是实写春景，语语都在目前，是典型的不隔。但换头用谢灵运和江淹的典故，就与上阕的风格不尽一致了。但从结构上来说，一阕词中，上阕自然不隔，下阕却不妨稍隔的，所以王国维说"欧词前既实写，故至此不能不拓开"，显然是从结构意义上包容用典的。王国维反对的其实是通篇用典的情况，所以用典与"隔"之间并非存在着必然的关系，在一定的结构空间，这种自然与用典的结合，不仅是可以接受的，甚至具备某种必要性。对这种结构特征，姑且以"不隔之隔"来形容。

在结构意义之外，"稍隔"还有另外一层的意义是从用典本身的艺术效果而言的。试看以下二则：

"西风吹渭水，落日满长安。"美成以之入词，白仁甫以之入曲，此

借古人之境界为我之境界者也。然非自有境界，古人亦不为我用。（未刊手稿第 17 则）

　　稼轩《贺新郎》词"送茂嘉十二弟"，章法绝妙，且语语有境界，此能品而几于神者。然非有意为之，故后人不能学也。（未刊手稿第 22 则）

王国维提出的"借古人之境界为我之境界"一语，不啻为典故（包括故事、故实、成句等）的合理化使用开辟了通途。王国维将周邦彦在词中、白朴在曲中化用贾岛的"秋风吹渭水，落叶满长安"（按，王国维原引诗有误）二句，认为是化用成句的典范，因为是自己先具境界，然后才将贾岛成句融入自我境界中，若非考索源流，几乎让人察觉不到化用的痕迹。辛弃疾的《贺新郎·送茂嘉十二弟》用典更是繁多，除了开头和结尾是一般性的叙情写景，中间主体部分都以王昭君、荆轲等典故连缀而成。而且因为是送别，所取典故也多为怨事，以此将悲怨之情感用典故的方式连绵而下，所以王国维说是"章法绝妙"。而所谓"语语有境界"，则主要是针对其用典如同己出的艺术效果而言的，也就是这些典故的原始语境在辛弃疾的词中已经退居其后，整体融入到辛弃疾自我的境界之中了。刘熙载《艺概》曾说："善文者满纸用事，未尝不空诸所有。"其对于用典的态度与王国维是一致的。所以用典固然容易造成"隔"的可能，但在"善文者"笔下，完全可以形成"不隔"的艺术效果。因姑且以"隔之不隔"来形容这样一种用典方式。

　　综上可见，王国维以"境界"作为《人间词话》的理论灵魂，在此基础上，从物我关系的层面提出有我之境与无我之境，从创作方式的层面提出造境与写境，从结构特征和艺术效果的层面提出隔与不隔。其范畴体系涵盖了创作的全过程，因而初具词学的现代特征。另外需要指出的是：王国维用范畴对举的方式来展开自己的词学架构，如造境与写境、有我之境与无我之境、理想与写实、主观与客观、大境与小境、动与静、出与入、轻视外物与重视外物，等等，这主要是从立说鲜明的角度来说的，其实在对每一对概念或范畴的解释中，都对介乎其中的中间形态予以了足够的关注。换言之，两极往往是王国维制定的标点，而其论说的范围是游离在两极之间的。在《古雅之在美学上之位置》中，王国维即在优美与宏壮的对举中，加入了"古雅"的概念，并将古雅拟之为"低度之优美"或"低度之宏壮"，认为其兼有优美与宏壮二者之性质。其理念与此也是一致的。

除了以上几组范畴，王国维在《人间词话》中还提出了诸如"忠实"、"要眇宜修"等概念或范畴，也颇具创意，因篇幅所限，不再一一分析。至于在境界说及其所辖范畴体系之下对词史、词人、词作的评论与裁断，也散布在词话各处，读者若能领会其基本理论，则对这种评论与裁断自可各有会心，这里也不再赘述。

2010 年，我曾在中华书局出版过一个评注本《人间词话》，收入"怡情书吧"丛书。包括《国粹学报》初刊本 64 则、《盛京时报》重编本 31 则以及除此之外见于《人间词话》手稿本的其他条目及散见于其他书籍的序跋、眉批等，内容比较丰富。这个新的评注本可以看成是"怡情书吧"本的修订本。但修订的范围仅限于《国粹学报》初刊本的 64 则而已，因为这是《人间词话》诸种版本中影响最大的本子，也是长期以来衡定王国维词学地位的本子，所以值得特别关注。修订的原因一方面是因为这两年读《人间词话》有一些新的体会，可以补充原书之未备；另一方面关于《国粹学报》初刊本与手稿本的关系，原来评注本也比较忽略，这次也增补入这方面的内容，略可见出王国维词学演进之一端，其中对应手稿本的序次以我在中华书局 2011 年出版的《人间词话疏证》为准。相对旧本，本书体例未作改动，仍是先原文、次注释、次点评。注释的原则以先出为序，注释中迻录的诗词作品，按照韵脚进行标点，即在韵字后用句号，其他用逗号，词中多出一种表示音节停顿的顿号。这种标点虽然没有用现代标点标出诗词的感叹、疑问等语气，但作为音乐文学来说，音律才是根本，而语气通过对文字的理解自然可以感受到的。

　　点评部分是笔者用力最多的地方。因为已出的《人间词话》笺证、讲疏、注评、导读、译注等颇多，笔者在每一则之下，不作过于广泛的申论，而是就本则的内容分出层次，理清彼此的关系，或者对相邻数条相关的条目略作说明，条目中涉及相关作品，而此作品又对某一理论具有重要意义时，则对此作品也略加诠解，以使理论更为具体化，方便一般读者的理解和领会。解说中有不少是点评者自己的看法，未必周全、准确，但或许对于理解王国维词学有一得之益，因不避浅陋，直言说出，读者以聊备一说视之可也。

彭玉平

2013 年 10 月

目 录

一

词以境界为最上。有境界则自成高格，自有名句。五代、北宋之词所以独绝者在此。

【评析】

此则在手稿中原居第 31 则，王国维整理手稿择录发表时重新调整顺序，才将其列为第一则。"境界"是王国维最为驰名的词学范畴，在王国维的词学体系中具有核心意义。"境界"二字渊源甚早，而且在王国维之前用以评论诗文也颇多其例，清初刘体仁的《七颂堂词绎》和清末陈廷焯的《白雨斋词话》更是以境界来评词。但在这些诗话词话著作中，境界的内涵是比较模糊的，而且没有成为其著述的理论核心，而王国维特别拈出"境界"二字来建立自己的理论体系，并持以进行批评实践，"境界"的理论内涵和价值才由此而真正得以充分彰显出来，这是王国维境界说备受称誉的重要原因所在。

"最上"云云，可见其境界说悬格之高。这也说明王国维从本质上不是写一部词学普及或填词入门类的书，而是带着指引词学发展方向的意义。在王国维看来，境界内涵高格而外有名句，以名句彰显格调，才能当得起"境界"二字。高格是作者人格与作品格调的结合，是从作品整体而言的，而名句则近乎"秀句"之意，但"名句"之"名"不仅表现在文采神妙上，更体现在对"高格"的精准表述上。这种"名句"意识其实是古代赋诗断章和摘句批评的一种观念延续。境界说应该是兼含整体和局部两个方面的。在词史发展中，王国维把五代与北宋时期作为境界说的最佳体现，所谓"独绝"包含着难以超越的意思，从王国维后来的论述来看，五代北宋词自然神妙的艺术才是他最为欣赏的，至于在新的时代之下，如何既保持五代北宋词的神妙艺术，又能结合时代特点和个人体会，增加宇宙人生之哲思，就是王国维《人间词话》主要致力的方向了。王国维的境界说也正是他在对五代、北宋词的涵泳与领会中提炼出来的重要理论，这一理论的"出处"特点，也在某种程度上影响到王国维对词史发展的整体学术判断，其得失因此而显得十分明显。

二

　　有造境，有写境，此理想与写实二派之所由分。然二者颇难分别。因大诗人所造之境，必合乎自然，所写之境，亦必邻于理想故也。

【评析】

　　此则在手稿中原居第 32 则。王国维撰述词话初期似较随意，但从第 31 则开始论及"境界"，此后相连数则也承此而下，可见王国维此时关于境界说的理论已经较为自觉了。

　　造境和写境对举，应以王国维为最早。但这对范畴都属于中国文论传统术语，如《莲子居词话》、《白雨斋词话》便多次使用"造境"一词，而"写境"的用法虽然很少见，但也显然是由"写生"、"写实"而来，并与"造境"相配，而衍成"写境"一词。理想与写实的概念则来自于西方。王国维此前多年研读西方哲学美学著作，故拈其名词以论中国古典，也十分自然。王国维词论在表述上中西融合的特点在这一则表现得颇为充分。

"造境"和"写境"主要是从创作方法来进行的分类，造境立于未曾亲历的情境或事件，偏于想象和虚构；而写景则立于已经经历或观察过的现象、场面或事件，侧重摹仿和写实。而理想与写实两种创作流派即大体对应着这两种创作方法。

说两种创作方式与两种文学流派"大体对应"，是因为两者确实难以绝对区分。王国维对于其间关系的看法应该是受到了德国哲学家叔本华的影响，叔本华认为纯粹的写实或理想，其实都是一种"理念"，很难直接付诸实践，对美的领会和表现，是要兼及理想的先验和写实的后验两个方面的。只是一般人很难兼得其美，所以就会有所侧重地表现出或偏于造境的理想或偏于写境的写实。但王国维认为"大诗人"可以超越造境与写境的局限，将两者圆满地渗透和交融起来，形成一种符合写实的造境和符合理想的写境。所谓"大诗人"，其内涵与王国维语境中的天才、豪杰之士等相近。王国维注意到两种创作方法的不同，更看到融合两种创作方法之后所达到的创作高境，识见颇为通透。而从其对"大诗人"的要求来看，他撰述词话的宗旨其实不是一般性地指导填词入门，而是志存高远，要为创造新的文学天才而导夫先路。

三

有有我之境，有无我之境。"泪眼问花花不语，乱红飞过秋千去"①、"可堪孤馆闭春寒，杜鹃声里斜阳暮"②，有我之境也；"采菊东篱下，悠然见南山"③、"寒波澹澹起，白鸟悠悠下"④，无我之境也。有我之境，以我观物，故物皆著我之色彩；无我之境，以物观物，故不知何者为我，何者为物。古人为词，写有我之境者为多，然未始不能写无我之境，此在豪杰之士能自树立耳。

【注释】

①"泪眼"二句：出自南唐词人冯延巳《鹊踏枝》："庭院深深深几许。杨柳堆烟，帘幕无重数。玉勒雕鞍游冶处。楼高不见章台路。　雨横风狂三月暮。门掩黄昏，无计留春住。泪眼问花花不语。乱红飞过秋千去。"

②"可堪"二句：出自北宋词人秦观《踏莎行》："雾失楼台，月迷津渡。桃源望断无寻处。可堪孤馆闭春寒，杜鹃声里斜阳暮。　驿寄梅花，鱼传尺素。砌成此恨无重数。郴江幸自绕郴山，为谁流下潇湘去。"

③"采菊"二句：出自东晋诗人陶潜《饮酒》第五首："结庐在人境，而无车马喧。问君何能尔，心远地自偏。采菊东篱下，悠然见南山。山气日夕佳，飞鸟相与还。此中有真意，欲辨已忘言。"

④"寒波"二句：出自元代诗人元好问《颍亭留别》："故人重分携，临流

拂輕衫杏子綢　湖山石畔倚俄骨　春愁滿腹
人說那有心情摩玉笛　夢遍向陳與崔雲
並文洵多十晓泉秋堂應低首美間揚州玉小梅
盧逃見此幀見示為題二絕
丁己二月諸樂珊記

上郵居士

驻归驾。乾坤展清眺，万景若相借。北风三日雪，太素秉元化。九山郁峥嵘，了不受陵跨。寒波澹澹起，白鸟悠悠下。怀归人自急，物态本闲暇。壶觞负吟啸，尘土足悲咤。回首亭中人，平林淡如画。"

【评析】

此则在手稿中原居第 33 则，与论境界说之第 31 则与论造境写境之第 32 则，本连贯而下，从手稿中择录并发表于《国粹学报》时，这三则也被整体置于词话前部，王国维试图全面建构境界说的想法，至此而得到充分落实。

在王国维境界分类中，有我之境与无我之境是十分重要的一组，侧重于由观物方式的不同而带来的境界差异。所谓有我之境，强调观物过程中的诗人主体意识，并将这种主体意识投射、浸染到被观察的事物中去，使原本客观的事物带上明显的主观色彩，从而使诗人与被观之物之间形成一种强势与弱势的关系；所谓无我之境，即侧重寻求诗人与被观察事物之间的本然契合，在弱化诗人的主体意识的同时，强化物性的自然呈现，从而使诗人与物性之间形成一种均势。有我之境与无我之境都是从物我关系而言的，并非是"有我"与"无我"的绝对有无之分，因为无论何种观物方式，"我"始终是存在的，无"我"便无法展开真正的观物活动了。但观物过程中，"我性"与"物性"之间的强弱关系确实存在着不同，王国维分类而言，是有着深厚的创作基础的。

无我之境中的主体意识仍是存在的，只是这种主体意识带着一定的普泛性，所以不对具体外物发生支配性的作用而已。因为个体意识的退隐，此时之"我"几乎等同于一"物"，故"我"观"物"，"物"亦观"我"，彼此是一种互观的状态。王国维举了陶渊明的"采菊东篱下，悠然见南山"和元好问的

"寒波澹澹起，白鸟悠悠下"诗句来作为无我之境的典范，即意在说明悠然采菊的陶渊明与南山之间是互相映衬、彼此点缀的关系；而在澹澹寒波与悠悠白鸟的背后，同样立着的是一个与此情景宛然一体的观物者。在这样的一种境界中，具体的物我之间没有矛盾，不形成对立，强弱关系淡漠了，物性却得到了最大程度的体现。

　　有我之境中的主体意识十分突出，王国维虽然没有对主体意识的具体内涵作出说明，但从他所举的冯延巳的"泪眼问花花不语，乱红飞过秋千去"和秦观的"可堪孤馆闭春寒，杜鹃声里斜阳暮"词句来看，明显是侧重于悲情的表达了。冯延巳词句中人与花的矛盾，秦观词句中人与孤馆、春寒、杜鹃、斜阳等的矛盾，都尖锐地存在着。所以词中的意象无不渗透着词人的情绪，或者说词人的情绪完全洒照在这些组合意象之中。词人的情绪覆盖了物之质性，而且这种情绪的产生有着明确的具体情境，是很难易人易地重复产生的，故不一定带有普泛性。

　　王国维不仅区分有我与无我之境的不同，同时也隐含着两境的高下之分。有我之境乃多数人可为，而无我之境则有待于"豪杰之士"的"自树立"。有我之境表现的乃一时个别之人生，无我之境表现的则是普世万古之人生。盖观物方式的不同根源于诗人胸襟、眼界的不同，如何在弱化"我性"的前提之下，将"物性"最大程度、更为本质地发掘出来，从而更深刻地表现普适之情性，这是王国维悬格甚高的一个创作理想。从话语和内涵上来考察，王国维对于两种观物方式的区分应该是受到了宋代邵雍的影响，而无我之境更是明显带有庄子"丧我"、"忘我"的思想痕迹。

四

无我之境，人惟于静中得之。有我之境，于由动之静时得之。故一优美，一宏壮也。

【评析】

此则在手稿中原居第 36 则，原与有我之境与无我之境之间隔开两则，但因为其内容是对有我无我之境的补充，故王国维拈出发表时，将此则置于第 4 则。

从动静关系来区别无我之境与有我之境，并将其纳入到西方优美、宏壮的风格类型之中，王国维中西融合的美学思想在此则也表现得颇为充分。所谓动、静，是就观物时候的感情状态而言的，"静"是指感情平和，没有很大的起伏，此时诗人心境平静宛如一物；"动"是指感情激烈，不仅指引着观物者的审美倾向，而且将物性也淹没在这种激越的情感之中。在静的观物状态下，因为情感的沉淀，我与物之间，没有明显的利害冲突，故物与我之间等闲相待，呈现出优美的风格；在动的观物状态下，因为情感的激越，我与物之间则具有强烈的利害关系，故物与我之间彼此不相对等，"我"的强势障蔽了"物"之本性，所以就形成了宏壮的风格。这应该是王国维的基本理路。

但王国维并非简单化地处理两种观物方式。实际上，任何一种境界，当要形成文字予以表达时，都已经部分脱离了当时情景，而或多或少带有一种"追忆"的性质，而处于创作状态中的诗人都需要持有一种"虚静"的心理状态。

换言之，无论表达怎样的境界，诗人首先必须将自己处于一种静思状态，才有可能将所想要表达的内容予以清晰构思，从而予以准确表达。所以，在表现无我之境时，固然是"静中得之"；表现有我之境时，也同样要在"静"中得之。王国维特别说明有我之境是"由动之静"时得之，就在于强调虽然表达内容、形成境界各有不同，而在创作的虚静心理机制上，其实是相似的。有我之境也同样要在动荡的心理渐趋安静时，才能再度审视情感的特性，才能将"以我观物"的过程和心理完整地描述出来。

五

自然中之物，互相关系，互相限制。然其写之于文学及美术中也，必遗其关系、限制之处。故虽写实家，亦理想家也。又虽如何虚构之境，其材料必求之于自然，而其构造，亦必从自然之法则。故虽理想家，亦写实家也。

【评析】

此则在手稿中原居第 37 则，其内容乃是对造境与写境、理想与写实一则的补充，故其在《国粹学报》初刊本的顺序应该在第 3 则为宜。这种结构上的不稳定，其实也反映出即使在《人间词话》正式发表之时，王国维的想法仍在斟酌之中，而且其斟酌留下了明显的不足。

不过此则与第 2 则的不同在于：第 2 则论述的重点是创作特点和创作流派

以及两者的关系，而此则从作者角度来说明写实家与理想家的不同及其关系。
与此前侧重对造境和写境的区别不同，王国维在这一则重点强调两者的融合与
辩证关系。写实家相当于现实主义诗人，理想家相当于浪漫主义诗人，这是两
种大致的区分。之所以说"大致"，是因为这两类作者无论其创作手法如何，
也无论其所属流派为何，都离不开"自然中之物"与表述这种自然之物时必须
遵循的"自然之法则"。推崇现实主义创作思想的诗人，虽然描写的是自然中
之物，但当诗人以文学的手段表现这种"自然中之物"的时候，其实是按照自
己的理念将这种自然之物从纷繁复杂的关系中剥离出来了，这个过程包含着想

象和虚构的因素，所以写实家其实包含着理想家的影子；而理想家虽然将虚构作为基本的创作手段，但所虚构的"材料"及其"构造"都来自于自然，并按照自然的法则虚构着，则理想家何曾稍离过自然？所以理想家必定兼有着写实家的特性。王国维关于理想与写实关系的分析，堪称精辟。

王国维视文学、美术为"完全之美"，即要将文学超越世俗功名关系而成就一种纯粹之美。但自然中之物，往往纠葛于种种关系和限制之中，这种纠葛使得物之自体被部分障蔽，而被外物所包围，所以就不成其为纯粹之物。王国维主张当诗人有意将这种自然之物反映到文学之中时，要将这种外缀的种种关系、限制之处去除，从而在文学中展现清澈洞明的境界。王国维的这一观点其实部分地涉及生活与艺术的关系，他所指称的自然，包括纯粹的自然界和现实社会两个方面。但平心而论，无论是写实家还是理想家，其所表现的"自然之物"，都不可能是孑然独立之物，则从反映"自然"的角度而言，这种被关系和限制包裹着的自然之物，其实是一种更为普遍的"自然之物"，文学的使命应该包含着表现这一类型自然之物的内容的。王国维过于追求文学之纯粹，不免限制了他的思想视野。

六

　　境非独谓景物也，喜怒哀乐，亦人心中之一境界。故能写真景物、真感情者，谓之有境界；否则谓之无境界。

【评析】

　　此则在手稿中原居第 35 则，在《国粹学报》初刊本中，应置于第 2 则的位置，因为其内容是对境界说本体的补充，似不宜分散他处。王国维后来之所以对《人间词话》的内容和顺序再起调整之心，可能也与此本未尽周密有关系。

　　虽然景物与情感的结合方式不同，可以形成造境与写境、有我之境与无我之境的不同形态，但景物和感情被王国维视为境界说的两大基本理论元素，却是从未变易过。从王国维的这一基本定位，可见境界说对传统诗论的借鉴痕迹。王国维此前所举境界之例，侧重在写景之句，如以"寒波澹澹起，白鸟悠悠下"来例证无我之境，等等。故在这里进一步完善其理论，以免造成境界乃专门针对写景而言的错觉。当然，写景始终是王国维立说的重点，只是传统文论历来强调景中有情、情中有景，写景的宗旨总不能离开情，所以王国维在此处把情的元素强化出来，如此其境界说的基石就显得稳固了。

　　景物以外在的形态而存在，而情感则内蕴于诗人胸中。要在文学作品中形成情景交融的艺术风貌，其前提是诗人内在情感的丰盈。这种丰盈并不一定体现在情感类型的丰富多彩，而主要在于情感的真实与厚度上，而这种真实与厚度乃是根源于诗人的胸襟和学养等方面，所以王国维特别提出"真景物"与"真感情"的命题。如果说景物与感情是境界说的基本元素的话，"真"就是这两大元素的基本特性。境界的解读纬度虽然多端，但离开了景物和感情之"真"，是不遑谈论境界问题的，"真"贯穿在境界说的各个方面，是境界说的根底所在。有境界的人才能内蕴有境界的情，才能慧眼识出有境界的景，才能由此而创作出有境界的文学作品。王国维的理路颇为分明。

七

　　"红杏枝头春意闹"①，著一"闹"字，而境界全出。"云破月来花弄影"②，著一"弄"字，而境界全出矣。

【注释】

①"红杏"句：出自北宋词人宋祁《玉楼春》："东城渐觉风光好。縠皱波纹迎客棹。绿杨烟外晓寒轻，红杏枝头春意闹。

浮生长恨欢娱少。肯爱千金轻一笑。为君持酒劝斜阳，且向花间留晚照。"

②"云破"句：出自北宋词人张先《天仙子》："水调数声持酒听，午醉醒来愁未醒。送春春去几时回。临晚镜。伤流景。往事后期空记省。　沙上并禽池上暝。云破月来花弄影。重重帘幕密遮灯。风不定。人初静。明日落红应满径。"

【评析】

此则在手稿中原居第47则，前移此处，盖集中论境界说诸条目也。

据说王国维父亲王乃誉在王国维少年时曾以"红杏枝头春意闹"为题命王国维赋诗，当年所赋诗已难觅踪影，但王国维对此诗句的特别感受应该渊源甚早了。

以名句的句眼为例，说明境界呈出之情形。可见，境界本有内藏于心与外现于文字的差异。内心之境界或常人亦有，但能予以表出者，则需要特别之诗才。后来王国维在《清真先生遗事》中曾引用并十分赞同黄庭坚"天下清景，不择贤愚而与之，然吾特疑端为我辈设"之论，并说："……抑岂独清景而已，一切境界，无不为诗人设。世无诗人，即无此种境界。夫境界之呈于吾心而见于外物者，皆须臾之物。惟诗人能以此须臾之物，镌诸不朽之文字，使读者自得之。遂觉诗人之言，字字为我心中所欲言，而又非我之所能自言，此大诗人之秘妙也。"王国维在这里当然悬格甚高，是从"大诗人"的角度来说的，但即使是一般诗人，也应该具有这种表述内心想法的能力。

王国维是从读者对作品的感悟的角度来说明句眼的作用和意义。有了这样功用明显的句眼，作品之境界不耐细思而自然呈现出来。宋祁"红杏枝头春意闹"之句，"闹"字是句眼，因为宋祁"浮生长恨欢娱少"，又适逢"绿杨烟外晓寒轻"，所以对于枝头红杏的喧闹，才会特别敏感。句中的"闹"是闹腾、喧闹的意思，大概枝头红杏密集，似乎彼此在争抢有利位置而挤挤挨挨，互不相让；又似乎经历了一冬的沉寂，所以面对春天，红杏争相表达着激动欣喜之情。原本是一句写景之作，因为"闹"字的点缀，景物中所包含的情感也就彰显出来了。张先的"云破月来花弄影"也有类似之妙，月儿照花，花儿留影，也是常见之静景，自有一种静谧的情调。但张先缀一"弄"字，将静景变得流动起来，在静谧之外，更增添一分悠闲的动态之美。这里的"弄"是摆弄、赏玩的意思。而且这一"弄"字与"云破"的情形也有一种逻辑上的关系，都标明了当时风力的存在。盖风吹方能云破，风动花枝才能使花影随之摆动，"弄"字的拟人意味颇值得玩味。

　　两处句眼，虽然都是以动词带出境界，但意味各有不同。宋祁的"闹"只是一种感觉中的动态，并无喧闹的实际情形，兼有听觉的吵闹与视觉的拥挤两层意思；而张先的"弄"则是对一种实际动作的描摹，侧重在视觉的描写——虽然其中也包含作者内心的赏玩之意，但"弄"的动作是客观存在的。而就这两处句眼在篇中的意义而言，两者也有差异：宋祁由大自然春意之"闹"而感慨自己欢娱太少，红杏的"闹"从反面触发了其内心的寂寞，是先景后情；张先则是先有了愁情笼罩，然后将愁情转移到花儿弄影的景象之中，是先情后景。刘熙载《艺概》将句眼看作是全篇或全句的"神光所聚"，应该是契合王国维此则的语境的。

八

　　境界有大小，不以是而分优劣。"细雨鱼儿出，微风燕子斜"①，何遽不若"落日照大旗，马鸣风萧萧"②！"宝帘闲挂小银钩"③，何遽不若"雾失楼台，月迷津渡"也④！

【注释】

①"细雨"二句：出自唐代诗人杜甫《水槛遣心二首》之一："去郭轩楹敞，无村眺望赊。澄江平少岸，幽树晚多花。细雨鱼儿出，微风燕子斜。城中十万户，此地两三家。"

②"落日"二句：出自唐代诗人杜甫《后出塞五首》之一："朝进东门营，暮上河阳桥。落日照大旗，马鸣风萧萧。平沙列万幕，部伍各见招。中天悬明月，令严夜寂寥。悲笳数声动，壮士惨不骄。借问大将谁，恐是霍嫖姚。"

③"宝帘"句：出自北宋词人秦观《浣溪沙》："漠漠轻寒上小楼。晓阴无赖似穷秋。淡烟流水画屏幽。　自在飞花轻似梦，无边丝雨细如愁。宝帘闲挂小银钩。"

④"雾失"二句：出自北宋词人秦观《踏莎行》："雾失楼台，月迷津渡。

桃源望断无寻处。可堪孤馆闭春寒，杜鹃声里斜阳暮。　　驿寄梅花，鱼传尺素。砌成此恨无重数。郴江幸自绕郴山，为谁流下潇湘去。"

【评析】

此则在手稿中原居第 49 则。境界原较为侧重写景，此则言境界的大小之分，可添一佐证，无论是诗句、词句，均以写景为主。而且与王国维有时注意辨析诗词之异不同，此则是将诗词并置而论的，手稿中更是将诗词混合而论。王国维的词学确实与诗学有着难以分割的关系。

境界之大小，与造境与写境、有我之境与无我之境一样，也是王国维境界分类学的内涵之一。但王国维将无我之境与有我之境隐然区分出高下，此处境界大小之分则明确排除了优劣的轩轾，所以其境界分类既有平行分类，也有高下分类。所谓境界之"大"，主要是指意象宏大、格局开阔、情感放旷之境；境界之"小"则指意象精巧、视点集中、情感细腻之境。此在诗歌方面尤为明显。王国维所举杜甫"落日照大旗，马鸣风萧萧"之句，本身就是描写其在塞上军营所见，自然别有一番苍茫壮阔之气象；而所举"细雨鱼儿出，微风燕子斜"之句则是水槛遣心之作，故描写微风细雨之中，鱼儿轻跃、燕子斜飞之景色，以此来表现其闲淡之心思。这种对于不同意象和整体景象的取舍，其实与杜甫本人的不同心态有关，所以形诸笔墨，就有了境界大小之分别。

与所举诗句侧重于以动态之景象而体现出境界之大小不同，王国维所举词句偏于静态之景象。因为词体"要眇宜修"的体制所限，所以其境界大小与诗歌境界之大小并不完全类似。词境之小，主要表现在由意象的精致与闲适的心态所共同构成的静态的气象，如宝帘、银钩之精致，"闲挂"之"闲"，都可以佐证这一说法；而词境之大，则主要体现在意象的浑成和联想空间之巨大方面，所以不一定具有壮阔的意象，如楼台与津渡整体隐没在月色和雾气之中，不见壮阔，反见浑成和隐约，增人遐思。这与王国维强调"诗之境阔，词之言长"的诗词之分别，也可以直接呼应起来。但无论是诗境之大小，还是词境之大小，都只是缘于不同的情感状态而取不同的意象而已，其间确实不宜区别高下。

九

　　严沧浪《诗话》谓①："盛唐诸公，唯在兴趣。羚羊挂角，无迹可求。故其妙处，透澈玲珑，不可凑拍。如空中之音、相中之色、水中之影、镜中之象，言有尽而意无穷。"②余谓：北宋以前之词，亦复如是。然沧浪所谓兴趣，阮亭所谓神韵③，犹不过道其面目，不若鄙人拈出"境界"二字，为探其本也。

【注释】

　　①严沧浪：即严羽（1192?—1265?），字仪卿，又字丹丘，自号沧浪逋客，福建邵武人，著有《沧浪诗话》等。

　　②"盛唐诸公……言有尽而意无穷"数句：出自南宋诗论家严羽《沧浪诗话》："盛唐诸人，唯在兴趣。羚羊挂角，无迹可求。故其妙处，透彻玲珑，不

镜中之影、水中之月、之云头狮子、过山窟、手曲窟、近人偶、清湘老人、曾兴幅、写小博明眼、一哂

可凑泊，如空中之音、相中之色、水中之月、镜中之象，言有尽而意无穷。"王国维或凭记忆援引，故与原文颇有出入，如"人"作"公"，"彻"作"澈"，"泊"作"拍"，"月"作"影"，等。

③阮亭：即王士禛（1634—1711），字子真，又字贻上，号阮亭，晚号渔洋山人，因避清世宗讳，而改名士祯，新城（今山东桓台）人。著述繁多，后人将其论诗之语汇辑为《带经堂诗话》。

【评析】

此则在手稿中原居第80则。手稿原特别指出："阮亭由沧浪此论遂拈出'神韵'二字，然'神韵'二字不过道其面目。"可见原来批评矛头主要是针对王士禛的"神韵"说的。而在《国粹学报》发表时，则不再强调王士禛对严羽诗学的借鉴，而是将兴趣说与神韵说作为共同的批评对象了。境界说的地位也因此擢拔得更高了。

王国维在这一则一方面提出文学之本末问题，另一方面也梳理了境界说的事实渊源。其援引严羽论盛唐诗人之语，宗旨在将"言有尽而意无穷"的兴趣说作为境界说的来源昭示出来。严羽所谓兴趣，是指称诗歌的艺术本质及基本特征，它是诗歌兴象与情致圆满结合之后所产生的情趣和韵味。严羽是从盛唐诗人的诗歌创作中总结出这一审美特征的。王士禛的神韵说是在对司空图诗味说和严羽兴趣说"别有会心"的基础上形成的，它以冲淡清远为宗，追求味外味的美学旨趣。在中国诗论史上，司空图、严羽和王士禛是一脉相承的，王国维的境界说踵此而起，其实也可纳入到这一诗学源流中来。

问题是，王国维在梳理这一理论源流的同时，虽然也看到了兴趣、神韵与境界说之间的关系，但在话语上并不认同兴趣、神韵的说法，认为这些话语不过是对文学外在特性的概括，而境界才是深入文学本质的理论话语。王国维的这一"本末"之论其实并不涉及三说在内涵上的区别，只是立足于话语本身的涵盖性和针对性而言。因为他整段援引严羽论盛唐诗人之语，其实就是为"兴趣"二字下一注脚而已，而王士禛的神韵说与严羽兴趣说意旨相近，手稿也已特别说明此点，故他不烦再引录王士禛的原话，这实际上意味着王国维在审美观念上对严羽、王士禛二人的认同。本末之说，应该回到"话语"的层面才能对王国维有更切实的了解。

王国维既在开篇第一则提到五代北宋词之"独绝"在有境界，而此引录严羽之语后接言"北宋以前之词，亦复如是"，这实际上已经直言"兴趣"与"境界"的相通。只是"境界"二字在他人虽偶尔使用，而王国维则拈以作为论词之纲，并就境界的内涵及分类——缕述，使这一被他人忽略的范畴重新激活出新的内涵，并以此取代此前的相关范畴。从这一意义上理解王国维的"鄙人拈出"四字，就能接受王国维言语之中的自负自得之意。中国文论的话语承传本是常态，关键是在承传中是否充实了更丰富更具学理的内涵而已。王国维的境界说，显然推陈出新，而别具语境和意义了。

一〇

太白纯以气象胜①。"西风残照，汉家陵阙"②，寥寥八字，遂关千古登临之口。后世唯范文正之《渔家傲》③，夏英公之《喜迁莺》④，差足继武，然气象已不逮矣。

【注释】

①太白：即李白（701—762），字太白，号青莲居士。祖籍陇西成纪（今属甘肃省），出生于西域，5 岁时随父入蜀，居绵州彰明县（今四川江油）。相传为李白所作词有 18 首。其中《菩萨蛮》（平林漠漠）、《忆秦娥》（箫声咽）为宋代黄昇誉为"百代词曲之祖"。

②"西风"二句：出自唐代诗人李白《忆秦娥》："箫声咽。秦娥梦断秦楼月。秦楼月。年年柳色，灞陵伤别。　　乐游原上清秋节。咸阳古道音尘绝。音尘绝。西风残照，汉家陵阙。"

③范文正：即范仲淹（989—1052），字希文，谥文正。吴县（今属江苏省）

人。存词 5 首，《彊村丛书》录为《范文正公诗馀》一卷。范仲淹《渔家傲·秋思》："塞下秋来风景异。衡阳雁去无留意。四面边声连角起。千嶂里。长烟落日孤城闭。　　浊酒一杯家万里。燕然未勒归无计。羌管悠悠霜满地。人不寐。将军白发征夫泪。"

④夏英公：即夏竦（985—1051），字子乔，江州德安（今属江西省）人。封为英国公。著有《文庄集》一百卷，不传。《全宋词》录其词一首。夏竦《喜迁莺》："霞散绮，月垂钩。帘卷未央楼。夜凉银汉截天流。宫阙锁清秋。瑶台树。金茎露。凤髓香盘烟雾。三千珠翠拥宸游。水殿按凉州。"

【评析】

此则在手稿中原居第 3 则。手稿撰述之初，王国维尚没有形成明确的境界学说，但从后来关于境界之大小的分析来看，王国维实际上对境界说是有着潜在的体认的，只是一种理论从朦胧到清晰需要一个过程而已。以此而言，王国维在手稿第 31 则正面提出境界说，正是他在边撰述边思考中自然形成的结果。因为此时"境界"二字尚未拈出，故王国维以"气象"二字代之。此则实可与第 8 则对勘，只是第 8 则合论境界之大小，此则专言境界之"大"而已。

气象是传统文论范畴，严羽论诗法五种，第三种即为气象。但王国维此处论气象实际上类似于境界之"大"。无论是李白的《忆秦娥》之"西风残照，汉家陵阙"，还是范仲淹的《渔家傲》、夏竦的《喜迁莺》，都表达了一种颇为壮阔的风格。李白以秋风夕阳与汉代帝陵的意象组合，表达了一种苍茫的穿越时空的情感力度；范仲淹的《渔家傲》表现边塞风景的边声不断和高山连绵以及将士豪情与抑郁兼具的心理特征；夏竦《喜迁莺》表达了对历史兴亡的独

特感慨，都带有或沉郁或雄浑的艺术风格。王国维将三词合并而论，正是看出
他们在气象上的相似性。

　　但王国维对三词的轩轾也是很明确的。他认为"西风残照，汉家陵阙"，
即就登临抒怀而言，已臻极致，后人自是难以超越，并超越之心也可息绝，因
为词中表现的乃是超越生命个体而带有普遍意义的生命悲歌；范仲淹身在边
塞，故其所见所感，乃是立足边塞将士这一基本立场，虽也超越个体，但仍有
一定的范围限制；夏竦乃是以个人眼光来看待历史兴废。就三词的意义涵摄和
书写立场而言，确实呈现出不断收缩、递减的态势。三者均着力表达悲情，且
视域总体比较深广，此是三词之所同。但从悲情的具体内涵和视域所辖范围来
看，范仲淹和夏竦之作与李白之作相比，确实有气象不逮之感，李白之句带着

颇为明显的"无我之境"。王国维在手稿中比较三词时，原说范、夏之作"远"不逮李作，但后来删去"远"字，可见其在立说程度上的谨慎。王国维的感受是敏锐而细腻的。

一一

张皋文谓飞卿之词"深美闳约"①。余谓此四字唯冯正中足以当之②。刘融斋谓飞卿"精艳绝人"③，差近之耳。

【注释】

①张皋文：即张惠言（1761—1802），字皋文，号茗柯，武进（今属江苏省）人。著有《茗柯文编》等，词集名《茗柯词》，与其弟张琦编有《词选》，为常州词派的经典词选。飞卿：即温庭筠（812?—870?），本名岐，字飞卿，太原祁（今属山西省）人。其词有后人辑本《金荃词》一卷，词风香软，为花间词派之鼻祖。深美闳约：出自清代词学家张惠言《词选序》："自唐之词人，李白为首……而温庭筠最高，其言深美闳约。"

②冯正中：即冯延巳（903—960），又名延嗣，字正中，广陵（今江苏扬州）人，著有《阳春集》，为其外孙陈世修辑录，存词119首。

③刘融斋：即刘熙载（1813—1881），字伯简，号融斋，兴化（今属江苏省）人。著有《昨非集》，中录词一卷，30首。另著有《艺概》，卷四《词曲概》为论词曲专卷。精艳绝人：出自清代词论家刘熙载《艺概·词曲概》："温飞卿

词精妙绝人，然类不出乎绮怨。"王国维引文误"妙"为"艳"。

【评析】

此则在手稿中原居第 4 则。在手稿撰述初期，王国维往往在斟酌旧说中表明自己的立场，然在《国粹学报》中将此则置于第 11 则，显然因为其中与境界说有一定的可通之处。具体而言，王国维借用张惠言的"深美闳约"来评说冯延巳词，正因为冯延巳词"堂庑特大"，带着"无我之境"的意味。王国维将此则移到此处，虽然没有在话语上一味使用"境界"等词，但其实也意在说明："深美闳约"与"无我之境"在内涵上是有着极大的交叉的，境界说与传统词学的关系于此也可见端倪。

此则评论温庭筠与冯延巳二人之词风，看似斟酌旧说，实质上包含着王国维的审美倾向。张惠言在《词选序》中把温庭筠作为词体的典范，许以"深美闳约"四字。所谓深美闳约兼含内容上的精深宏大和艺术上的简约美赡，张惠言评论温庭筠《菩萨蛮》诸词具有"感士不遇"的寄托深意，即可看出其深美闳约的部分内涵指向。但王国维并不接受张惠言这种索隐式的解词方式，认为如此深文罗织反而遮蔽了词的审美意义。况且他也不认为温庭筠词具有如此深重的主题，他转以刘熙载的"精艳绝人"来为温庭筠词定论，肯定其具有过人的精妙、艳丽，而未必具有内容上的深闳了。王国维的这一纠正看似只针对一个温庭筠，其实是对张惠言常州词派相关理论的一种强势反拨。

但王国维不赞成张惠言以深美闳约评定温庭筠，并不意味着对深美闳约这一词体体性的不认同，他只是认为温庭筠不堪当此四字而已。在王国维看来，只有五代冯延巳的词才"足以当之"。温庭筠的词毕竟多类青楼歌宴之作，而

冯延巳既身居高位，又经历南唐政治的频繁起伏，所以他的词便多少突破了传统路子，而呈现出比较开阔的格局，也内蕴了一种士大夫情怀，类似"无我之境"。刘熙载《艺概》曾说："冯延巳词，晏同叔得其俊，欧阳永叔得其深。"冯延巳词的俊美深至是得到后世许多词学家的肯定的，王国维也是其中之一。值得注意的是，王国维对冯延巳词用心颇深，曾手抄其《阳春集》以作诵读之资，可能正是在这种反复的涵泳中体会到冯延巳词的独特魅力的。

一二

"画屏金鹧鸪"①，飞卿语也，其词品似之；"弦上黄莺语"②，端己语也③，其词品亦似之；正中词品，若欲于其词句中求之，则"和泪试严妆"殆近之欤④？

【注释】

①"画屏"句：出自唐代词人温庭筠《更漏子》："柳丝长，春雨细。花外漏声迢递。惊塞雁，起城乌。画屏金鹧鸪。　香雾薄，透帘幕。惆怅谢家池阁。红烛背，绣帘垂。梦长君不知。"

②"弦上"句：出自五代词人韦庄《菩萨蛮》："红楼别夜堪惆怅，香灯半卷流苏帐。残月出门时，美人和泪辞。　琵琶金翠羽，弦上黄莺语。劝我早归家，绿窗人似花。"

③端己：即韦庄（836?—910），字端己，京兆杜陵（今陕西西安）人，

唐代诗人韦应物四世孙。其词与温庭筠并称"温韦"。著有《浣花集》，乃其弟韦蔼所编。

④"和泪"句：出自南唐词人冯延巳《菩萨蛮》："娇鬟堆枕钗横凤，溶溶春水杨花梦。红烛泪阑干，翠屏烟浪寒。　锦壶催画箭，玉佩天涯远。和泪试严妆，落梅飞晓霜。"

【评析】

此则在手稿中原居第58则。王国维在发表时将此则移至此处，盖承上则继续评说温庭筠与冯延巳词之不同也，不过多加韦庄一人而已。而对冯延巳"和泪试严妆"一句的暗中称赏，其实包含着王国维对词体表述悲情意蕴的特别认同。"无我之境"的深广人生哲思加上悲情意蕴应该是王国维在词体内涵上的主要追求。

以词人之词句回评词人之风

格，这种摘句批评的方法颇堪玩味。此则评说温庭筠、韦庄、冯延巳三人，而各取其词句形容其词风，王国维当别有会心处。"画屏金鹧鸪"乃温庭筠《更漏子》词句。《更漏子》词写春夜闺思，以塞雁、城乌的惊起与画屏鹧鸪的漠然形成对比，表达一种怨慕之意。"弦上黄莺语"乃韦庄《菩萨蛮》词句。《菩萨蛮》词写韦庄早年红楼别之情形及别后相思，弦上黄莺之语其实是劝韦庄早日归家之意，写出了一种别情和归思。冯延巳的《菩萨蛮》也是写闺情，"和泪试严妆"一句虽亦写悲怀，但更着重表现自我珍惜之意。三词主题虽然相近，但其实有着怨慕、归思与自赏的不同。

但王国维各拈词句评论词人未必是考虑到词的整体内容和语境，而当有其一己之体认。试略加推想："画屏金鹧鸪"或喻其意象精致富丽，但其实并无生气；"弦上黄莺语"或喻其音节婉转清脆，但其实与情景之真终隔一层；"和泪试严妆"则悲情抑郁之中自有庄重之心。王国维论词以境界为最上，而境界又独重真感情与真景物，温庭筠与韦庄之句皆非"真"景物，而冯延巳之句则是"真"感情。所以王国维看似并列三人以论，未下褒贬，但对勘其境界说的有关内涵，则臧否仍是明显的。只是王国维以这样一种方式来描述词品，确实有些不容易体会。顾随《人间词话评点》称这种方式"最为的当"，此或许可为知者言，而其实是难以为众多读者所领悟的。

一三

南唐中主词"菡萏香销翠叶残，西风愁起绿波间"①，大有众芳芜秽、美人迟暮之感[2]。乃古今独赏其"细雨梦回鸡塞远，小楼吹彻玉笙寒"[3]，故知解人正不易得。

【注释】

①南唐中主：即李璟（916—961），本名景通，后改名璟，字伯玉，徐州（今属江苏省）人。史称南唐中主。李璟存词4首，与后主李煜有《南唐二主词》传世。"菡萏"二句：出自李璟《浣溪沙》："菡萏香销翠叶残，西风愁起绿波间。还与韶光共憔悴，不堪看。   细雨梦回鸡塞远，小楼吹彻玉笙寒。多少泪珠何限恨，倚阑干。"

②众芳芜秽、美人迟暮：出自屈原《离骚》"哀众芳之芜秽"、"恐美人之迟暮"。

③"古今独赏"句：马令《南唐书》冯延巳传云："元宗乐府词云：'小楼

吹彻玉笙寒。'延巳有'风乍起，吹皱一池春水'之句。皆为警策。元宗尝戏延巳曰：'吹皱一池春水，干卿何事？'延巳曰：'未若陛下小楼吹彻玉笙寒。'元宗悦。"又胡仔《苕溪渔隐丛话》前集卷五十九引《雪浪斋日记》云："荆公问山谷云：'作小词曾看李后主词否？'云：'曾看。'荆公云：'何处最好？'山谷以'一江春水向东流'为对。荆公云：'未若细雨梦回鸡塞远，小楼吹彻玉笙寒。'"按，王安石误将李璟词作为李煜词。

【评析】

此则在手稿中原居第5则，位列评述张惠言"深美闳约"一则之后。此处两则分开，或因为前两则主要比较分析温庭筠、冯延巳二家词之特色，此则从词例来说，乃评述南唐中主李璟之词，故在拈出发表时将此则置后。但就词学思想而言，手稿第四、第五则意思是承接的。因为王国维评价冯延巳词的"深美闳约"与此则评价李璟的"菡萏"二句"大有众芳芜秽、美人迟暮之感"，从内容上来说，都是注重抉发其词内涵上的张力之大，不能仅仅以一人一时一地之感视之。王国维此则显然呼应着"无我之境"之说。

在解词方式上，王国维虽然反对张惠言的深文罗织，但并不反对在中国文化背景之下进行合理的联想与想象。此则引用李璟"菡萏香销翠叶残，西风愁起绿波间"词句，并与屈原《离骚》中"哀众芳之芜秽"、"恐美人之迟暮"之意作直接对应，就体现了王国维的这一解词理念。"菡萏"两句字面上写秋风对荷花和荷叶的摧残，但李璟特别提到香销的是"菡萏"，即尚未开放的荷花，残损的是"翠叶"，即尚未完全长成的荷叶。这些珍贵而稚嫩的自然之物在季节更替之际被无情毁灭，确实带有一些悲剧意味。屈原在《离骚》中哀叹众芳之凋零，忧虑美人之迟暮，其与李璟对菡萏、翠叶的凋零和忧虑，确实可以联想而及。再说屈原本身就是以香草美人作为基本喻体的，所以将李璟词中的菡萏、翠叶作为一种喻体，是有充分的中国传统语境的。

王国维在正面立说的情况下，对历史上若干学人忽略"菡萏"两句，而特别垂青"细雨梦回鸡塞远，小楼吹彻玉笙寒"两句表达了怀疑和不满。冯延巳和王安石都认为"细雨"两句"警策"，应该是认为这两句从梦前小雨到梦中鸡塞到梦后玉笙，以时空的跨度来对比梦中与梦后情感上的巨大落差，实际上表达了李璟与时光"共憔悴"的心情。两句不仅对仗工整，而且语言高度简练准确，其表现力也是颇为突出的。但平心而论，若讲究词句的感发力量之强大的话，"菡萏"两句确实要胜出"细雨"两句。王国维锐眼识出"菡萏"两句的胜义，与他此前钻研中西哲学、认真探讨过人生意义的经历有着一定的关系。

一四

温飞卿之词，句秀也；韦端己之词，骨秀也；李重光之词[①]，神秀也。

【注释】

①李重光：即李煜（937—978），字重光，初名从嘉，自号钟隐，又号莲峰居士，徐州（今属江苏省）人。南唐中主李璟第六子，世称南唐后主。存词

30 余首，与其父李璟汇刻为《南唐二主词》。

【评析】

此则在手稿中原居第 105 则。温、韦前已论及，李煜乃初次言及，而且下则仍是评说李煜。李煜在王国维词学中具有重要的理论基础意义，所以说温说韦，目的却在说李而已。王国维在第一则论境界，便以五代北宋词为独绝，而五代实以冯延巳、李璟、李煜三人为"独绝"，故在次第评说冯延巳、李璟之后，自然而及李煜。

在三人的对照、比较中见出异同，这是王国维常见的撰述思路。如第 12 则各以词句评价温庭筠、韦庄和冯延巳，此则在温庭筠、韦庄和李煜三人之间权衡高下。然正如其在温、韦、冯三人权衡之间落笔在冯延巳身上一样，此则落笔，则在李煜身上。第 13 则乃论李璟，此则论及李煜，就词史发展来看，也是自然之事。从这一则开始，李煜的地位逐渐上升，并隐然有取代冯延巳之势。王国维在撰述中调整其词学思想的痕迹清晰可辨。

句秀、骨秀、神秀之说，颇为抽象，不易把握。然在王国维的价值判断中，"三秀"呈递进之势，应无疑义。按照刘勰《文心雕龙·隐秀》"秀者，篇中之独拔"、"秀以卓绝为巧"之说，无论是温庭筠、韦庄，还是李煜，其篇中都有独拔众类之巧思名句，当是他们的共同特色，这也是王国维可以将三人相并而论的前提所在。试推测王国维之意，其所谓温庭筠词"句秀"，当是其"秀"在句之意，因为温庭筠擅长练句是得到公认的。不过，在王国维看来，温庭筠句秀的意义大都限于本句，往往无关乎全篇，且往往是"画屏金鹧鸪"一类，缺乏真实与生气，故虽在语言上堪称独拔、卓绝，意义终归有限；韦庄词雅擅叙事，脉络井井，或以时间为序，或以事件发生发展为序，故其秀句往往并非独秀本句，而是可以映照全篇，是其"秀"在骨，骨者，叙事结构之谓也；李煜虽然秀句琳琅，但因为思虑深沉，故其秀句的意义不仅关合整篇，而且往往越出本篇，揭示出许多人生的本质性问题，带有人生普泛性哲思之意味。王国维"三秀"之说，堪称烛照隐微，其会心处真有不可形容者在焉。

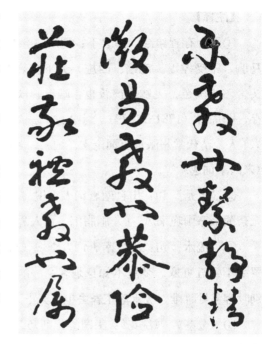

一五

词至李后主而眼界始大，感慨遂深，遂变伶工之词而为士大夫之词。周介存置诸温、韦之下[①]，可谓颠倒黑白矣。"自是人生长恨水长东"[②]，"流水落花春去也，天上人间"[③]，《金荃》、《浣花》[④]，能有此气象耶？

【注释】

①周介存置诸温、韦之下：周济《介存斋论词杂著》云："李后主词如生马驹，不受控捉。毛嫱、西施，天下美妇人也。严妆佳，淡妆亦佳，粗服乱头，不掩国色。飞卿，严妆也；端己，淡妆也；后主则粗服乱头矣。"周介存，即周济（1781—1839），字保绪，一字介存，晚号止庵，荆溪（今江苏宜兴）人。清代常州派重要词论家、词人，著有《味隽斋词》等，编选有《词辨》、《宋四家词选》等。

②"自是"句：出自南唐词人李煜《相见欢》："林花谢了春红。太匆匆。无奈朝来寒雨晚来风。　胭脂泪，留人醉，几时重。自是人生长恨水长东。"

③"流水"句：出自南唐词人李煜《浪淘沙》："帘外雨潺潺。春意阑珊。罗衾不耐五更寒。梦里不知身是客，一晌贪欢。　独自莫凭栏。无限江山。别时容易见时难。流水落花春去也，天上人间。"

④《金荃》、《浣花》：王国维此则乃以《金荃》、《浣花》指代温庭筠、韦庄二人之词。《金荃集》，乃温庭筠诗文集，而非词集，词亦未附录在后，后人辑录温庭筠词，遂以《金荃词》名之。《浣花集》为韦庄诗集，王国维、刘毓盘等辑录韦庄词，遂以《浣花词》名之。

【评析】

此则在手稿中原居第106则，在手稿中即与前则相邻，均以李煜为评说对象。与前则暗中批评周济不同，此则将周济列为明确批评对象。但综观词话，王国维对周济词学的择取也是较多的。

此则在学理上承续前则"三秀"之说，重点在诠释李煜"神秀"的内涵。

而扬李煜抑温庭筠、韦庄之意，也与上一则相似。在李煜之前，词之创作或出伶工之手，或由文人代伶工之口吻而作，离别相思或艳情者居多。李煜乃一国之君，又身经亡国，这种极盛极衰的剧变，令他眼界开阔而感慨深沉，故其词往往结合自己的人生体悟而写，将此前冯延巳开拓的"堂庑"继续向深广方向发展，词体也由此而渐趋尊崇。这是王国维在考察词史的过程中对李煜特加垂青的原因所在。

王国维在这一则所举的"自是人生长恨水长东"和"流水落花春去也，天上人间"分别出自其《相见欢》、《浪淘沙》二词，都写于降宋之后。词中既描写了无力抗对人生长恨的悲慨，又描写了对自然更替的万般无奈。实际上，不仅李煜有这样的悲慨和无奈，世间之人也都持这样一份情怀，所以李煜所表达的这一份情感厚度以及因这种情感厚度而呈现出来的博大气象，自然是一般人所难以企及。在王国维的理论语境中，其实是以"无我之境"来评说李煜词的。王国维说温庭筠、韦庄无此气象，并非苛论。因为句秀、骨秀与神秀相比，毕竟是等而下之了。

值得注意的是，王国维此则似乎是针对周济之论而发。周济在《介存斋论词杂著》中把温庭筠比喻为"严妆"，将韦庄比喻为"淡妆"，而将李煜比喻为"粗服乱头"，如不受控捉的生马驹，实际上是把李煜词置于温庭筠和韦庄之上的。观周济词论，其将三人合并考量高下，仅此一处。王国维何以得出周济将李煜置于温、韦之下的结论？殊困人思。

一六

词人者，不失其赤子之心者也^①。故生于深宫之中，长于妇人之手，是后主为人君所短处，亦即为词人所长处。

【注释】

①"词人者"二句：王国维在《叔本华与尼采》一文中引用叔本华之语云："天才者，不失其赤子之心者也。盖人生至七年后，知识之机关即脑之质与量已达完全之域，而生殖之机关尚未发达。故赤子能感也，能思也，能教也。其爱知识也较成人为深，而其受知识也，亦视成人为易。"

【评析】

此则在手稿中原居第 107 则。宗旨在结合词之体性说明李煜词何以"神秀"、何以具备"无我之境"的身世背景原因所在。手稿原是在李煜与温庭筠的对比中评说的，故其结尾原为："故后主之词，天真之词也；温飞，人工之词也。"手稿又将"温飞"改作"他人"二字，目的是为了在更广阔的背景比较中凸显李煜词的特别之处。但王国维最后将此结尾数语删除，然后在开头补上"词人者，不失其赤子之心者也"一句（按，手稿漏一"心"字）。如此，乃去其比较的意味，而转为就词体及李煜的特殊经历来正面立说。

此则在内容上继续诠释李煜的"神秀"。前两则提出李煜之神秀及其具体表现，这一则追寻其何以神秀的原因。王国维撰述词话，经常以连续数则，从不同方面解说同一话题的内容特色。此相连三则，正可合并而看。王国维提出了词人的本色问题，葆有一颗赤子之心，是李煜大过人处。因为李煜自幼生长于深宫，周围亦以女性为多，深宫的单一和女性的单纯便不可避免地影响到李煜的性格和思想。这种单一和单纯使他不能很好地履行国君的职责，以应对纷繁复杂的政治局面，尤其在他统治南唐的时期，所面临的压力堪称巨大，而李煜的进退无据，使南唐在周围诸国渐趋强大之时，而不免呈现出衰落之势，并最终为宋朝所灭。李煜治国之无方，乃是不可否认的历史事实。

　　但李煜性格中的单一醇厚之质以及对文学艺术的精通，也使他把更多的精力转移到文艺方面，使他的才能在另外一个天地里发挥出来。在词这一文体中，李煜堪称词帝而允无愧色。当一般诗人困于互相关系、彼此限制的"自然之物"，而无法将这种关系、限制予以清除之时，李煜只需秉持澄澈之心灵，随意择取，已是直抵物性的本质层面。故其观物也真，思虑也纯，再辅以其天纵之才能，自然能成就一番文学上之伟业。

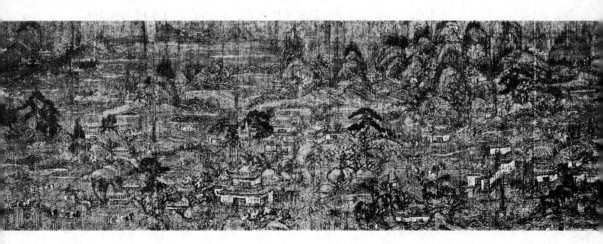

"赤子之心"其实是中西哲学、文论共同关注的话题。如叔本华便将赤子之心视为天才的基本特征，而孟子所谓的"大人"，袁枚心目中的"诗人"也都是以"赤子之心"为主要内涵。因为心思没有被种种社会关系、限制所污染，故能呈天真烂漫之状。王国维提出境界而讲究"真感情"，像李煜这类葆有赤子之心的词人，自然是最契合这一标准的。

一七

客观之诗人不可不多阅世。阅世愈深，则材料愈丰富，愈变化，《水浒传》①、《红楼梦》之作者是也②。主观之诗人不必多阅世。阅世愈浅，则性情愈真，李后主是也。

【注释】

①《水浒传》：明代章回体长篇小说，一般认为其作者是施耐庵。

②《红楼梦》：清代章回体长篇小说，一般认为其作者是曹雪芹、高鹗。

【评析】

此则在手稿中原居第108则，继续从阅世与性情的关系来论说李煜词清通神秀的原因所在。从手稿的修改情况来看，王国维是不断加强着主观诗人与客观诗人的差异的。手稿原稿说客观之诗人"不可不知世事"，后将"不知"改为"不阅"，将"事"字删去，而在正式发表时则在"阅世"前加一"多"字，可见其对客观诗人阅世的程度是不断强调的。

在连续三则以李煜为主体的词话之后，将李煜与其他文人的区别上升为主观之诗人与客观之诗人两大类型，而其立论重点仍在为李煜张目上。主观之诗人与客观之诗人的分类源自西方哲学家如叔本华等，主要依据抒情诗与叙事诗的文体类型而分。中国明清时期产生的两部长篇小说《水浒传》和《红楼梦》，在西方的文体语境中，可以归入叙事文学一类，而传统诗词则归入抒情文学之类。叙事文学讲究反映现实生活的深广世界，追求题材和内容的丰富和复杂性，所以其作者需要有丰厚的阅世经历和大量的创作素材，而且这些经历和素材愈纷繁变化，便愈能为真实、全面、深刻地反映世界和人生提供充分的基础。《水浒传》和《红楼梦》虽分别以梁山英雄和四大家族为重点描写对象，但从中反映折射出的正是其所处时代的一个缩影，如果作者见闻不广，思虑不深，判断不明，要深度驾驭这样的题材显然是不可能的。

所谓主观之诗人，即是以抒情为基本手段的诗人。情感的丰富虽然也与阅世有一定的关系，但阅世浅的诗人才有可能将最原始、最单纯也同时是最本质的感情表现出来。这样一种"真"性情，如果将其置于丰富的阅世经验的基础之上，则诗人在表现这种感情时，会以所谓阅世的经验来改变甚至扭曲性情，以适应世俗习惯、规则的要求。如此，欲以诗歌去震撼人心，去直达读者的心底，就勉为其难了。所以主观之诗人与客观之诗人的区分确实包含着一定的合理性。但截然划为两途，也必然存在着绝对化的问题，因为如何在阅世的基础上葆有真性情，也是一个可供探讨的问题。王国维援引这一分类，其要旨不过在为推崇李煜而提供一种理论背景而已。

在 1906 年发表的《文学小言》中，王国维已经在第 14、15 两则讨论过抒情文学与叙事文学的差别问题，并说明所谓抒情的文学乃是指《离骚》、诗、词等文体，而叙事的文学乃是指叙事传、史诗、戏曲等文体，又特别说明叙事文学不包括散文在内。词话没有从文体的角度来解说抒情与叙事之别，而是从作者的角度来说明两者的差异，并大体根据抒情与叙事的不同而分"客观之诗人"与"主观之诗人"，解说角度虽有不同，但其实是彼此联系的。尤其值得注意的是，王国维在《文学小言》第15则其实已经在强调"叙事文学家"与"抒情文学家"的区别正在于：叙事文学家"则其所需之时日长，而其所取之材料富，非天才而又有暇日者不能"。王国维原话是意在说明何以诗家众多，而叙事文学家不及其百分之一的原因所在。显然，《文学小言》的相关论述尚较为单薄，而词话中的论述更具体系和深度了。词话特别提到的《水浒传》、《红楼梦》二书，应该在文体上属于《文学小言》所说之"叙事传"了。

一八

尼采谓[①]：一切文学，余爱以血书者[②]。后主之词，真所谓"以血书者"也。宋道君皇帝《燕山亭》词亦略似之[③]。然道君不过自道身世之戚，后主则俨有释迦[④]、基督担荷人类罪恶之意[⑤]，其大小固不同矣。

【注释】

①尼采（1844—1900）：德国哲学家，著有《悲剧的诞生》、《查拉图斯特

拉如是说》等。

②"一切"二句：出自尼采《苏鲁支语录》："凡一切已经写下的，我只爱其人用血写下的。用血写书，然后你将体会到，血便是精义。"

③宋道君皇帝：即宋徽宗赵佶（1082—1135），建中靖国元年（1101）至宣和七年（1125）在位。因被尊为教主道君太上皇帝，故有"宋道君"之称。近人曹元忠辑有《宋徽宗词》。《燕山亭》：即宋徽宗（道君）《燕山亭·北行见杏花》："裁翦冰绡，轻叠数重，淡著燕脂匀注。新样靓妆，艳溢香融，羞杀蕊珠宫女。易得凋零，更多少无情风雨。愁苦。闲院落凄凉，几番春暮。　　凭寄离恨重重，这双燕何曾，会人言语。天遥地远，万水千山，知他故宫何处。怎不思量，除梦里有时曾去。无据。和梦也、新来不做。"

④释迦：即释迦牟尼（前565—前486），简称释迦，乃佛教始祖。本姓乔达摩，名悉达多。释迦是其种族名，意思是"能"；牟尼意思是"仁"、"儒"、"忍"、"寂"。释迦牟

尼合起来就是"能仁"、"能儒"、"能忍"、"能寂"等，也即是"释迦族的圣人"之意。他是古印度北部迦毗罗卫国（今尼泊尔境内）的王子。29 岁时，释迦牟尼有感于人世生、老、病、死等诸多苦恼，遂舍弃王族生活，出家修行。35 岁时，他在菩提树下大彻大悟，遂创立佛教，随即在印度北部、中部恒河流域一带传教。今佛教为世界三大宗教之一。

⑤基督：即耶稣基督，乃基督教始祖。基督是"基利斯督"的简称，意思是上帝差遣来的受膏者。耶稣出生之年被定为公元纪年的开始，教会并以耶稣出生的 12 月 25 日为圣诞节。耶稣自称是上帝的儿子，以肉身来到人世，担负着救世主的职责。他 30 岁左右在巴勒斯坦地区传教，以爱上帝、爱人如己为教义核心。基督教的经典是《圣经》，由《旧约全书》和《新约全书》两部分组成。十字架是基督教的标志。基督教也是当今世界三大宗教之一。

【评析】

此则在手稿中原居第 109 则。王国维将手稿第 105 则至 109 则连续 5 则整体前移，除了这 5 则都以李煜为评说核心之外，也与王国维在撰述词话后期其词学思想愈趋成熟有关。

在内容上，此则仍是为李煜的"神秀"诠释其内涵。所谓"以血书者"就是出于至性至情的文字，而且这种至性至情之中必须包含着人类共有的性情——特别是悲情。王国维援引尼采之语，只是为其"真感情"之说添一佐证而已。因为李煜词正是由心底流出的血性文字，堪称是人类情感的"精义"，故与尼采之说彼此衬合。

李煜在降宋后所作词，比较典型地体现了"以血书者"的内涵。如《虞美人》（春花秋月何时了）一词将人生短暂和自然永恒的矛盾揭示得至为清晰而深刻，同时李煜把自己无法解决这一矛盾之后所陷入的无穷的悲愁也尽泻笔端，毫不掩饰自己愁情万斛、但求速死之心。而宋徽宗的《燕山亭·北行见杏花》虽然也写了在暮春风雨、群花凋零之际引发的"故宫何处"的感慨，但只是一个帝王的感慨而已，带有明显的个人化倾向。在追怀往日、悲情难禁上，宋徽宗与李煜有相似之处；但宋徽宗更多地停留在个人故国的情怀上，而李煜则在此基础上，感悟出人生的渺小、短暂与自然的伟大、永恒之间的强烈对比，这种感悟已经超越了李煜一人之所感所想，其实是全人类共同面临的问题。所以王国维认为李煜这类词具有宗教一般的情怀，就像耶稣基督与释迦牟尼承担人类罪恶并救赎人类一样，具有直抵人心、启人慧心之意义。这与王国维评价李煜词"眼界始大，感慨遂深"，其实是彼此呼应的。因为王国维在《人间嗜好之研究》一文中已经提出真正的大诗人要"以人类之感情为其一己之感情"的问题。李煜的境界之"大"与宋徽宗的境界之"小"由此而成为鲜明的对比。

此前王国维论说境界之大小，侧重在写景气象之阔大浑化与细腻局部之不同，此则从内涵上言说李后主与宋徽宗在思想上的广狭差异。很显然，李煜词的广博深邃是被王国维纳入到"无我之境"中的。在王国维的语境中，李煜是当之无愧的"豪杰之士"了。

一九

冯正中词虽不失五代风格，而堂庑特大，开北宋一代风气。与中、后二主词皆在《花间》范围之外①，宜《花间集》中不登其只字也。

【注释】

①《花间》：即《花间集》，五代后蜀赵崇祚编，欧阳炯序，以蜀人为主，共选录温庭筠、韦庄等晚唐五代 18 人 500 首词，是现存最早的一部文人词选本。

【评析】

此则在手稿中原居第 6 则。王国维将本则安排此处，或许是因冯延巳词具有"开北宋一代风气"之意义，由此带出以下对北宋词人之评述。但在手稿中，此则与引录张惠言"深美闳约"之评、李璟"菡萏"二句次第而下，在意义上本自连贯，都是阐述词在内涵上向纵深、广博拓展的张力之大，意义指向都在"无我之境"一端。以此而言，王国维在手稿第 31 则提出境界说之前，相关理论的内涵其实也已经粗具梗概了，只是其时在话语上尚未形成圆足的理论形态而已。

此则手稿文字似多随性之语，譬如王国维对《花间集》的收录体例就不太明白，以至对《花间集》未收录冯延巳词表达不满，并猜测可能是"文采为功名所掩"。其实，冯延巳的功名与文采固然可能存在着如何权衡的问题，而

《花间集》乃蜀人或寓居蜀地之人词的汇集，其不收南唐冯延巳的词乃限于体例而已。王国维的相关议论未免蹈空。此外，手稿原评论李璟、李煜二人，相比冯延巳，"皆未逮其精诣"，有着明显的高下之分。而在初刊本中，则删去了对三人之间高下之评论，从三人共同的角度来说明其与《花间集》词风的整体不同，并由此体现出西蜀与南唐词风的地域性差异。而在这种整体差异中，王国维对南唐词的评价明显要高出西蜀之上。

王国维此前以"深美闳约"评冯延巳，此再以"堂庑特大"相评，大旨在肯定冯延巳在词史发展中的转折意义。所谓"五代风格"，其实主要指以《花间集》为代表的词风，以春花秋柳写旖旎之情，月下、尊前是基本意象，相思、离别是基本主题。今检《阳春集》，类似作品确实不少，这是冯延巳"不失"五代风格之处，此盖缘于其生活年代与生活方式大体相近之故也。所以王国维语境中的"五代风格"正是指向"花间"词风的。

晚唐五代词的繁盛，除了有以蜀地为代表的花间词派之外，还有以李璟、李煜、冯延巳为代表的南唐词派。与花间词派中的词人多身居下僚不同，南唐词派则以帝王和重臣为主要角色。这种身份和角色的不同，自然会意味着生活方式和眼界的差异。王国维看出李璟、李煜与冯延巳"皆在《花间》范围之外"，其实就是从整体上看出了南唐词风对花间词风的转变和突破意义。

如果说李煜的词"眼界始大，感慨遂深"的话，冯延巳的词同样有这样的特色，而且冯延巳年长于李煜，所以就转变词风的肇始而言，冯延巳应该是更值得关注的人物。只是李煜的变革成就更突出，影响更大而已。冯延巳的词比较多地突破传统题材，侧重写自我的心境，而且其所写的感情往往并不具体，只是描述一种感情的意境而已。如其《鹊踏枝》（谁道闲情抛掷久）只是反复描写了一种"闲情"的纠缠情形，至于这种闲情的具体内涵，一直闪烁其词，未曾明说，所以留给读者的想象空间也很大。"堂庑"云云，正是针对这一特点而言的。至于冯延巳词对北宋词的影响，乃是词学史上公认的事实。刘熙载《艺概·词曲概》云："冯延巳词，晏同叔得其俊，欧阳永叔得其深。"言之已颇为分明。则王国维将冯延巳作为五代与北宋词风交替之际带有标志性的人物，是有很充分的学理依据的。

二〇

正中词除《鹊踏枝》、《菩萨蛮》十数阕最煊赫外[①]，如《醉花间》之"高树鹊衔巢，斜月明寒草"[②]，余谓韦苏州之

"流萤度高阁"③，孟襄阳之"疏雨滴梧桐"④，不能过也。

【注释】

①《鹊踏枝》、《菩萨蛮》十数阕：即冯延巳《阳春集》收录《鹊踏枝》14首、《菩萨蛮》9首，量多不备录。

②"高树"二句：出自南唐词人冯延巳《醉花间》："晴雪小园春未到。池边梅自早。高树鹊衔巢。斜月明寒草。　　山川风景好。自古金陵道。少年看却老。相逢莫厌醉金杯，别离多，欢会少。"

③韦苏州：即韦应物（737—792?），长安（今陕西西安）人。中唐诗人。因曾任苏州刺史，故称韦苏州。"流萤"句：出自韦应物《寺居独夜寄崔主簿》："幽人寂无寐，木叶纷纷落。寒雨暗深更，流萤度高阁。坐使青灯晓，还伤夏衣薄。宁知岁方晏，离居更萧索。"按，佛雏补校未指出诸本多误"度"为"渡"。

④孟襄阳：即孟浩然（689—740），襄阳（今湖北襄樊）人，世称孟襄阳。

盛唐诗人。"疏雨"句：典出唐王士源《孟浩然集序》："浩然尝闲游秘省，秋月新霁，诸英华赋诗作会。浩然句云'微云淡河汉，疏雨滴梧桐'。举座嗟其清绝，咸阁笔不复为继。"

【评析】

此则在手稿中原居第18则。因以评说冯延巳词为主，故在发表时调整至此，以形成词话中评述对象相对集中的局面。

此则仍是为冯延巳词张目。与前面考量词人高低，多在词人之间权衡不同，这一则却在诗人与词人之间进行对比。王国维首先提到了冯延巳"最煊赫"的《鹊踏枝》14首和《菩萨蛮》9首，这些词比较集中地表达了冯延巳的词心词境，如《鹊踏枝》（谁道闲情抛掷久、秋入蛮蕉风半裂）、《菩萨蛮》（画堂昨夜西风过、金波远逐行云去）等，即已是词学上屡被称誉的作品了。换言之，这些作品正是王国维要以"深美闳约"来评价冯延巳的原因所在。

但王国维在这一则似乎换了角度，因为藉以比较的都是写景之句。韦应物的"流萤度高阁"本是常见之景，但韦应物此时在寺庙萧索独居，又逢"寒

雨暗深更"之时，故流萤的夜光对视觉的冲击力确实比较强烈，或者韦应物
眼中的这只流萤在仓促之中飞向高阁，其实也不无自己的影子，故描写出这
一情景来暗喻自身。孟浩然的"疏雨滴梧桐"也是写秋景，但因为是秋月新
霁，又逢士人聚会，赋诗相乐，故孟浩然在诗中表达了清绝之景和闲雅之意。
所以韦应物、孟浩然之诗，本身已属上佳，尤其是孟浩然此诗，当时已令人
有搁笔之叹了。

不过，在王国维看来，冯延巳与韦应物、孟浩然相比，更胜出一筹。冯延
巳《醉花间》乃写冬末之景，写高树上鹊儿衔草结巢，又将这一动作置于斜月
映草的背景之中，一切显得那么自然。若无斜月映草，则鹊儿便也难以衔草护
巢了，因为鹊儿正处"春未到"的冬天，而"高树"的寒冷更甚于地面。冯
延巳在描写这一景象时，既注意到视觉景象，又在静态的背景中写出动态的意
趣，而且斜月居上，高树居中，寒草居下，写景的层次十分清晰。同时流露出
来的情感也是自然而然。朱熹曾评说韦应物此诗得"自在"之趣。相形之下，
冯延巳的自在之趣似乎更在韦应物之上了。王国维如此高评冯延巳，或许正内
蕴着这样一种心态。

二一

欧九《浣溪沙》词"绿杨楼外出秋千"①。晁补之谓②：
只一"出"字，便后人所不能道③。余谓此本于正中《上行
杯》词"柳外秋千出画墙"④，但欧语尤工耳。

【注释】

①欧九：即欧阳修（1007—1072），字永叔，号醉翁，晚号六一居士，吉州永丰（今属江西省）人。著有《欧阳文忠公文集》，内有长短句三卷，别出单行称《六一词》。又有词集《醉翁琴趣外篇》。"绿杨"句：出自北宋词人欧阳修《浣溪沙》："堤上游人逐画船，拍堤春水四垂天。绿杨楼外出秋千。白发戴花君莫笑，六么催拍盏频传。人生何处似尊前。"

②晁补之（1053—1110）：字无咎，晚号归来子，济州巨野（今山东省）人。为"苏门四学士"之一。其词师法苏轼，得其韵制，著有《晁氏琴趣外篇》。其《评本朝乐章》见于《侯鲭录》等记载，历评柳永、欧阳修、苏轼、黄庭坚、晏殊、张先、秦观七家词，颇具锐识。

③"只一"二句：出自北宋词人晁补之《评本朝乐章》："欧阳永叔《浣溪沙》云：'堤上游人逐画船，拍堤春水四垂天。绿杨楼外出秋千。'要皆绝妙。然只'出'一字，自是后人道不到处。"

④"柳外"句：出自南唐词人冯延巳《上行杯》："落梅着雨消残粉，云重烟轻寒食近。罗幕遮香，柳外秋千出画墙。　春山颠倒钗横凤，飞絮入帘春睡重。梦里佳期，只许庭花与月知。"

【评析】

此则在手稿中原居第19则。王国维大概原拟继续直接评说冯延巳词，故开笔即书一"冯"字，后圈去。但圈掉"冯"字并非不论冯，而是曲笔写冯而已。所以此则虽以欧阳修开笔，但论述宗旨仍在冯延巳身上。说欧说冯，也不过是说"境界"之"出"而已。

　　此则评说欧阳修用字之妙，隐含着以一"出"字而带出境界之意。王国维论境界不仅注重名句，也注重名句中的字眼，尤其是那种以一动词而使境界"全出"的艺术效果。

　　欧阳修"绿杨楼外出秋千"一句中"出"字之妙，由晁补之率先提出，并认为是他人难以道出者。但晁补之能感受其妙，却未说出何以为妙。王国维在这里也没有解释，但在《人间词话》的语境中，这一妙处其实是清楚的。即如他所说"红杏枝头春意闹"之"闹"字、"云破月来花弄影"之"弄"字一样，都是能以一个动词而将环境和氛围渲染出来。欧阳修此句乃是写在船上所见岸边之景，岸边杨柳，柳外小楼，楼外秋千，三种景物合成一幅静中有动的画面。这个"出"字将秋千的摆动对静态的杨柳与小楼的点缀一下子彰显出来，整个

画面因此而灵动起来。所以，虽是一个简单的"出"字，实有点化情景之妙。王国维没有如分析"红杏"和"云破"句一样再点出"出"字的作用，是因为无需重复了。

王国维认为类似的用法，已先见于冯延巳的"柳外秋千出画墙"一句了，这是追溯同类意象与用字的渊源。但王国维也不得不承认，欧阳修的用法要更显工致。因为这个"出"字虽然就秋千而言必然有其反复，但其初次"出"现，一定是以其突然而飘逸而吸引了观者的眼神；如果秋千上是一位顾盼生姿的美人，则视觉冲击力就更大了。冯延巳此句虽然也是写了杨柳、画墙、秋千三种意象，但一者杨柳与画墙的结合不如欧阳修一句"绿杨楼"来得集中而浑成，再者"秋千出画墙"所形成的视觉效果就不仅仅是秋千，而是兼带有画墙的意象在内了，如此，便没有欧阳修"楼外出秋千"一句对秋千动态描写的集中了。换言之，秋千之"出"在欧阳修的词句中，要更具有中心地位。

二二

　　梅舜俞《苏幕遮》词①："落尽梨花春事了。满地斜阳，翠色和烟老。"②刘融斋谓：少游一生似专学此种③。余谓：冯正中《玉楼春》词："芳菲次第长相续，自是情多无处足。尊前百计得春归，莫为伤春眉黛促。"④永叔一生似专学此种。

【注释】

①梅舜俞：即梅尧臣（1002—1060），字圣俞，王国维将"圣"误作"舜"，世称宛陵先生，宣州宣城（今属安徽省）人。著有《宛陵集》。《全宋词》存其词二首。

②"落尽"三句：出自北宋词人梅尧臣《苏幕遮·草》："露堤平，烟墅杳。乱碧萋萋，雨后江天晓。独有庚郎年最少。窣地春袍，嫩色宜相照。　接长亭，迷远道。堪怨王孙，不记归期早。落尽梨花春又了。满地残阳，翠色和烟老。"王国维将"又"误作"事"，将"残"误作"斜"。

③"少游"句：出自清代刘熙载《艺概》卷四《词曲概》："此一种似为少游开先。"乃是引录冯延巳此词后的评语。

④"芳菲"四句：出自南唐词人冯延巳《玉楼春》："雪云乍变春云簇。渐觉年华堪送

目。北枝梅蕊犯寒开，南蒲波纹如酒绿。　　芳菲次第长相续。不奈情多无处足。尊前百计得春归，莫为伤春眉黛促。"王国维将"不奈"误作"自是"。按：此词未见《阳春集》。《尊前集》作冯延巳词，不知何据。《阳春集》既不载，自难征信，当为欧作无疑。

【评析】

此则在手稿中原居第 53 则，大概因其以评说欧阳修词为中心，故在初刊本中与前则次第编排。

追源溯流是王国维撰述词话的基本方式之一。此则王国维言词风承传，从刘熙载对秦观师法梅尧臣的分析中受到启发，进而具体分析欧阳修对冯延巳的师法特色。这意味着刘熙载论词方式对王国维的直接影响。作为王国维词论的重要渊源之一，刘熙载的地位值得充分重视。

秦观仕途坎坷而性格颇为软弱，其词也因此多写悲情，尤其擅长写暮春的无奈与凄凉之意。王国维曾用"凄厉"来形容秦观词的情感特征。刘熙载以梅尧臣的《苏幕遮》为例，特别提到"落尽梨花"几句，正是因为这几句写暮春景象，突出了翠色渐老、梨花落尽的季节感，并将这种景象笼罩在斜阳洒照之下，悲凉无奈之意就更显强烈。而秦观的词如"可堪孤馆闭春寒，杜鹃声里斜阳暮"，与此神韵相似。刘熙载看出这一点，堪称慧眼。

王国维由刘熙载此论而转论欧阳修师法冯延巳的问题，不仅是对刘熙载论词方式的一种推扬，而且是对欧阳修与冯延巳情感相似性的一种确证。其实此前的刘熙载已经在《艺概·词曲概》中认为欧阳修是深得冯延巳的"深"的，也就是对自然、人生的看法比较深邃之意。冯延巳的这首《玉楼春》从一般人的伤春情绪中转出，认为自然季节更替乃是普遍规律，既然盼得春来，自然要送得春去，世人对这一"来"一"去"，应该坦然对待才是。冯延巳自然平和的心境对于欧阳修产生了影响，欧阳修的《采桑子》组词写晚年退居颍州心境，也是如此。如"群芳过后西湖好"，就体现了不同寻常的暮春心态。不过，王国维说欧阳修一生"专学"此种，似乎也言之过甚了。

二三

人知和靖《点绛唇》①、舜俞《苏幕遮》②、永叔《少年游》三阕为咏春草绝调③。不知先有正中"细雨湿流光"五字④，皆能摄春草之魂者也。

【注释】

①和靖：即林逋（968—1028），字君复，钱塘（今浙江杭州）人。《全宋词》存其词三首。林逋《点绛唇》："金谷年年，乱生春色谁为主。余花落处。满地和烟雨。　又是离愁，一阕长亭暮。王孙去。萋萋无数。南北东西路。"

②《苏幕遮》：此指梅尧臣之词"露堤平，烟墅杳。乱碧萋萋，雨后江天晓。独有庚郎年最少。窣地春袍，嫩色宜相照。　接长亭，迷远道。堪怨王孙，不记归期早。落尽梨花春又了。满地残阳，翠色和烟老。"

③《少年游》：此指欧阳修之词"阑干十二独凭春，晴碧远连云。千里万里，二月三月，行色苦愁人。　谢家池上，江淹浦畔，吟魄与离魂。那堪疏

雨滴黄昏，更特地忆王孙。"

　　④"细雨"句：出自南唐词人冯延巳《南乡子》："细雨湿流光。芳草年年与恨长。烟锁凤楼无限事，茫茫。鸾镜鸳衾两断肠。

　　魂梦任悠扬。睡起杨花满绣床。薄幸不来门半掩，斜阳。负你残春泪几行。"

【评析】

　　此则在手稿中原居第 54 则。除了林逋是首次出现之外，此则其余词人都在此前数则被陆续评说过，但仍以冯延巳为理论归结点。手稿的修订颇见王国维用心深细之处，如评说冯延巳"细雨湿流光"五字，初为"得"春草之魂，后改为"写"，而在发表时又改为"摄"，相形之下，"摄"字显然更为精妙，更有神韵。以此可知，王国维在《国粹学报》发表《人间词话》前，对于手稿，不仅作了细致的选择编排工作，而且对理论文字的考究也十分用心。

　　上一则说及梅尧臣的《苏幕遮》，这一则其实仍是由这一话题引发。梅尧臣此词写春草，但牵连到一个互相竞胜的故事。据吴

曾《能改斋漫录》记载：说梅尧臣与欧阳修同座，有人提及林逋这首《点绛唇》，特别对"金谷年年，乱生春色谁为主"两句称赏不已。梅尧臣遂作《苏幕遮》，也写春草，赢得了欧阳修的赞赏。欧阳修并自作《少年游》，或有与林逋、梅尧臣彼此争胜之意。吴曾认为欧阳修词后出转精，是林逋和梅尧臣所难以企及的。

如果简单比较一下林逋、梅尧臣和欧阳修的三首词，可以发现，林逋和梅尧臣的风格比较相似，都写了春草的具体形态，传神细致，同时也寓思归之意。欧阳修的思归之意虽然与林、梅二人相同，但并没有描摹春草的形态，只是在隐约之间写出春草的意境。所以吴曾将欧阳修之作置于林、梅二人之上，我认为是合理的。

但王国维并无意于比较林、梅、欧三人之短长，而是将冯延巳的"细雨湿流光"五字拈出，认为是摄尽春草之"魂"，也就是将春草的精神意态写出来了。显然，在王国维看来，林、梅、欧三人之词虽有佳处，但都无法与冯延巳媲美。王国维用了一个"皆"字，意在说明这五个字均非虚设，各具意思又彼此衬合，形成了一种整体的神韵。春雨蒙蒙，自是"细"雨；有雨自是"湿"；雨冲洗过的草，自有一种光泽；而草的细狭，自然也难以留住雨水，所以只能是"流"。如此将春草笼罩在烟雨蒙蒙之中，写出视觉的光亮感、湿润感、细微感和流动感，确实堪称能摄春草之魂者。

冯延巳的词被王国维誉为"深美闳约"的典范，此则从写景角度再次将冯延巳的地位彰显出来。有意味的是：在引述王国维此则时，不少学者将王国维所说的"人知"林、梅、欧三词为"咏春草绝调"，误解为是王国维本人的认知。其实王国维此则恰恰是部分否定了"人知"的意思。

二四

《诗·蒹葭》一篇最得风人深致①。晏同叔之"昨夜西风凋碧树。独上高楼，望尽天涯路"②，意颇近之。但一洒落，一悲壮耳。

【注释】

①《诗·蒹葭》："蒹葭苍苍，白露为霜。所谓伊人，在水一方。溯洄从之，道阻且长。溯游从之，宛在水中央。蒹葭凄凄，白露未晞。所谓伊人，在水之湄。溯洄从之，道阻且跻。溯游从之，宛在水中坻。蒹葭采采，白露未已。所谓伊人，在水之涘。溯洄从之，道阻且右。溯游从之，宛在水中沚。"《诗》，即《诗经》，原名《诗》或《诗三百》，汉代开始尊为"诗经"。是中国第一部诗歌总集，收录西周初期到春秋中期五百年间诗歌305首，分风、雅、颂三个部分。《蒹葭》属于秦风。

②晏同叔：即晏殊（991—1055），字同叔，临川（今属江西省）人。著有《珠玉词》，存词130多首。"昨夜"三句：出自北宋词人晏殊《蝶恋花》："槛菊愁烟兰泣露。罗幕轻寒，燕子双飞去。明月不谙离恨苦。斜光到晓穿朱户。　昨夜西风凋碧树。独上高楼，望尽天涯路。欲寄彩笺兼尺素。山长水阔知何处。"

【评析】

此则在手稿中原居第 1 则，略可见王国维撰述词话最初之用心：用诗词对勘的方式来说明诗词之间的体性异同，固不以词学为限也。而且在诗词之外，兼及小说、戏曲、散曲等多种文体，更有泛文学的通论，故其书性质也论出多种。

王国维提出的"风人深致"属于传统诗学话语，"风人"也就是"诗人"之意。因为《诗经》的"风"不仅居前，而且数量最多。"深致"则是在诗歌语言之外所表达的深刻深远的情致。"风人深致"一词，刘熙载《艺概·诗概》已屡有使用，王国维这里可能是承此而来。《蒹葭》中的主人公在深秋季节"溯游"、"溯洄"，不懈地追寻着在水一方的伊人，此在情人是如此，但也可完全理解是一种对理想、抱负等的执着追求，阐发的空间可以向深远推进。而晏殊

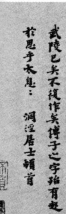

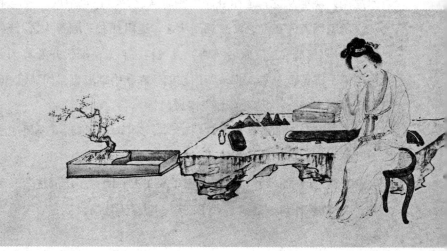

的"昨夜"三句，也是写秋季景象，但"望尽天涯路"这一动作，也同样可以作为一种对理想的求索来引申。这就是《蒹葭》与晏殊《蝶恋花》两首作品的相似之"意"。王国维对晏殊"昨夜"三句曾数度引用，并在其"三种境界"中，以晏殊此三句作为第一境，也显然是从"风人深致"这一角度来重新诠释的。不过，就好像朱熹在《诗集传》中直言《蒹葭》之意"不知其何所指"一样，这种"风人深致"也往往只在特殊的语境中才可能被接受，所以难免带有姑妄言之的意味。

　　但这种诗词之"同"并不是王国维关注的重点，所以王国维接下来分说《蒹葭》之"洒落"与"昨夜"三句之"悲壮"的不同。其实，这种不同也部分地包含着无我之境与有我之境的区分在内，因为王国维论述无我之境多取诗歌之例，而且诗风和意趣偏于洒落一路，而论述有我之境则多取填词之例，侧重择录悲凉、凄厉之作品。何以说《蒹葭》一篇洒落呢？因为主人公虽然反复追寻，但将这种追寻放在蒹葭苍苍、在水一方的迷离意境之中，可能是这种迷离使主人公着意的是追求的过程，而对追求的结果反倒显得在其次了。所以王士禛《古夫于亭杂录》也说自己从中读出了如《庄子·山木》中所透露出来的"令人萧寥有遗世意"。王国维的洒落之感，当意近于此。而晏殊"昨夜"三句则在"望尽"之中，带有极大的忧虑和劳顿之心，而"望尽"之艰难更为这种忧虑和劳顿渲染了一种悲壮的色调。王国维作此比较，宗旨在于将词的"悲壮"的体性揭示出来。这其实也同样是王国维的一种"风人深致"。

二五

　　"我瞻四方，蹙蹙靡所骋"①，诗人之忧生也；"昨夜西风凋碧树。独上高楼，望尽天涯路"似之。"终日驰车走，不见所问津"②，诗人之忧世也；"百草千花寒食路。香车系在谁家树"似之③。

【注释】

①"我瞻"二句：出自《诗经·小雅·节南山》："驾彼四牡，四牡项领。我瞻四方，蹙蹙靡所骋。"

②"终日"二句：出自东晋诗人陶潜《饮酒》第二十首："羲农去我久，举世少复真。汲汲鲁中叟，弥缝使其纯。凤鸟虽不至，礼乐暂得新。洙泗辍微响，漂流逮狂秦。诗书复何罪，一朝成灰尘。区区诸老翁，为事诚殷勤。如何

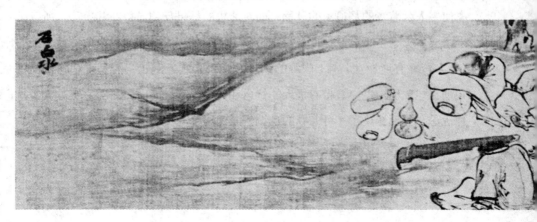

绝世下，六籍无一亲？终日驰车走，不见所问津。若复不快饮，空负头上巾。但恨多谬误，君当恕醉人。"

③"百草"二句：出自南唐词人冯延巳《鹊踏枝》："几日行云何处去。忘却归来，不道春将暮。百草千花寒食路。香车系在谁家树。　泪眼倚楼频独语。双燕来时，陌上相逢否。撩乱春愁如柳絮。悠悠梦里无寻处。"

【评析】

此则在手稿中原居第 119 则。与前一则思路相似，前一则重点说诗词之异，这一则重点说诗词之同。但方向仍是在"风人深致"方面。忧生、忧世看似诗词并提，其实侧重在对词的悲情体性的认同上，不过是援引诗歌之例，来为词体助势而已。所以这一则的重点仍落在上一则的"悲壮"二字上。

《节南山》诗中"我瞻"两句，字面上写马儿因为很久没被赶驾而呈肥硕之态，实际上喻示的是贤才久被冷落的意思。晏殊的"昨夜"三句也是貌似写秋风吹落树枝，以至视野陡然开阔，实际上要表达的是久被压抑的才士渴望成

就事业之意。王国维说这一诗一词都表达了诗人对个体生命的忧虑之心，应该说是符合中国传统诗词的语境的。但因为这种才士的被冷落乃是古代的一种常见现象，所以诗人在感慨一己生命的坎坷之时，也表达了对于一个时代和一个群体的忧虑，所以"忧生"之中也包含着"忧世"之意。陶渊明的"终日"两句和冯延巳的"百草"两句，都表达了一种关怀世道时运的淑世情怀，所以王国维以"忧世"概括其意旨。但这种忧世之意也是从诗人个体的角度而透视出来的，则忧世之中也有着忧生之心。王国维将忧生、忧世分类而言，只是为表述的方便而已，其实两者之间密不可分。但忧生忧世的至高境界仍在超越一己之"忧"，从生命、世道角度引发的忧虑才堪称"无我之境"。

无论是描述忧生，还是描述忧世，"忧"才是真正的核心。诗歌中的忧生忧世固然很多，而在词体而言，忧生忧世才是更为本质的体性，所以说这一则重点阐发上一则的"悲壮"之意，理由便在这里了。

二六

古今之成大事业、大学问者，必经过三种之境界："昨夜西风凋碧树。独上高楼，望尽天涯路。"此第一境也。"衣带渐宽终不悔，为伊消得人憔悴。"①此第二境也。"众里寻他千百度，回头蓦见，那人正在、灯火阑珊处。"②此第三境也。此等语皆非大词人不能道。然遽以此意解释诸词，恐为晏、欧诸公所不许也。

【注释】

①"衣带"二句：出自柳永《凤栖梧》："伫倚危楼风细细。望极春愁，黯黯生天际。草色烟光残照里。无言谁会凭栏意。　拟把疏狂图一醉，对酒当歌，强乐还无味。衣带渐宽终不悔，为伊消得人憔悴。"王国维将此词作者误作欧阳修。

②"众里"三句：出自辛弃疾《青玉案·元夕》："东风夜放花千树。更吹落、星如雨。宝马雕车香满路。凤箫声动，玉壶光转，一夜鱼龙舞。蛾儿雪柳黄金缕。笑语盈盈暗香去。众里寻他千百度。蓦然回首，那人却在，灯火阑珊处。"王国维引文将"蓦然回首"误作"回头蓦见"，将"却在"误作"正在"。

【评析】

此则在手稿中原居第 2 则。其基本内容已先见于 1906 年发表的《文学小言》第 5 则，但彼此论说重点颇有差异。《文学小言》论"三种之阶级"，乃是纯粹论述成就大事业、大学问必经的三个阶段，只是话头转换到文学，认为有文学之天才者，同样需要"莫大之修养"也。也就是说要成就大文学，同样需要历练这三个阶段。而在《人间词话》中，王国维虽然大体援引了《文学小言》中的这一节论说，但似乎用意在说明所举词句因为出自"大词人"手下，故具有极其高远的联想和解说空间。换言之，晏殊、柳永、辛弃疾之原句虽然各有语境，也各有内涵，但因为大词人的天纵之笔，自然带着普泛性的哲思，所以引申而别论，也同样可以有着不同的阐释空间。无论是《文学小言》，还是《人间词话》，三种境界（或阶级）之说，都是以具体词句来论说"无我之境"

著書多歲月種松
老龍鱗

素先生把道高棲日著書
当樂胡之風真適支許共次
原忠逃才清宵與予為賦行
迢迢章道高寫此代賀
癸酉上秋開道人戲

的开放性与涵括性。

此则颇为驰名，"三种境界"云云，也当为王国维非常自赏的一则，在此前的《文学小言》以及王国维各种自定的《人间词话》中都保留此则。据蒲菁《人间词话补笺》所记："江津吴碧柳芳吉曩教于西北大学，某举此节问之，碧柳未能对。嗣入都因请于先生。先生谓第一境即所谓世无明王，栖栖皇皇者；第二境是知其不可而为之；第三境非'归与归与'之叹与？"以孔子从忧虑不安到坚守理念到最后的退隐栖息来作为其人生境界不断升华的三个步骤。王国维对此的解释是撰写此则时就已经有的想法，还是后来的认识，现在难以确断了。

按照语境，王国维是立足成就大事业、大学问的高度来建立"三种境界"说的。晏殊"昨夜"三句乃是表示确立高远目标的重要性，因为只有在"高楼"才能"望尽天涯路"的；柳永的"衣带"二句，表现的是在追求理想的过程中需要一种持之以恒的执著品格；辛弃疾的"众里"三句乃是用以表现实现目标的最终境界。三种境界，其实分别是说明了理想的确立、追求和实现的三个阶段。因为三个阶段不断提升，所以三种境界也呈递进之势。

王国维当然明白自己是断章取义，是姑妄言之，所以他说自己的解释未必是引词作者所持的本义。但他同时也认为，能够给人以联想的阐释空间的词句也不是一般词人所能写出，必须是"大词人"才能写出在具体的意象中涵盖更为广阔的内涵的词句。如此，王国维也为自己的联想的合理性作了一定的说明。

二七

　　永叔"人间自是有情痴，此恨不关风与月"、"直须看尽洛城花，始与东风容易别"①，于豪放之中有沉著之致，所以尤高。

【注释】

　　①"人间"二句与"直须"二句：出自北宋词人欧阳修《玉楼春》："尊前拟把归期说，未语春容先惨咽。人生自是有情痴，此恨不关风与月。　离歌且莫翻新阕，一曲能教肠寸结。直须看尽洛城花，始共春风容易别。"王国维引文将"人生"误作"人间"，将"始共春风"误作"始与东风"。

【评析】

　　此则在手稿中原居第117则。或许是前则言三种境界，王国维一直将第二境界"衣带"二句作者误为欧阳修，故此则承此而言。而且就词史发展而言，也应该论及欧阳修了。此前虽也有涉及欧阳修的条目，但都是旁及而已，此则则专论欧阳修。

　　豪放的意趣与沉著的情致本来存在着一种现象上的矛盾，但这种在他人很难融合的矛盾，在欧阳修的笔下却十分圆融地共存着，这大概也是欧阳修能被王国维列为"大词人"的原因之一了。在《人间词话》中，王国维对不少他相当推崇的词人往往也指出其不足，但对于欧阳修，却是一味地赞赏。欧阳修的创作艺术对于王国维词学思想的形成应该产生了重要的影响。

　　"人生"两句写离情与风月的关系，"直须"两句写看花与离春的关系。这些意象的对应本来是古代诗词中极为常见的现象，但欧阳修却能从中翻出新意。王国维认为：欧阳修将情痴与风月断然判为二物，乃是对于传统语境的一种颠覆，因为诗人词人素多抱怨风月误人，遂将满怀痴情归诸风月的诱导，而欧阳修认为情痴乃是人生与生俱来，与风月本无关系。如此将情痴的自然天生不加掩饰地表现出来，故自具一种包揽的豪趣，"不关"二字尤见其情。但欧阳修的这种分离情痴与风月的关系，其实将情痴的形状表达得更为沉著，尤其是当这种情痴的内涵指向离别时，沉痛之情也就更为深沉而内敛了，因为已经没有外在的风月可以分担这一份情感了。

　　"直须"两句写看花的豪情，乃是从文字表象就可以感受到的。特别是"看尽"、"始共"这样带有前提性的说明，更将豪放之意彰显得淋漓尽致。但这种看花的豪情乃是离春、离城、离人的前奏，则豪情终究要纳入到离情之中。所以王国维认为"豪放之中有沉著之致"，确是把握了欧阳修的抒情艺术特点的。但豪放与沉著的兼具，并不等于两者的平分，重点是落在沉著上的，"豪放"只是"沉著"的外在表象而已。如此，这一评论也可回归到王国维"深美闳约"的理论宗旨中去了。

二八

　　冯梦华《宋六十一家词选·序例》谓[①]："淮海[②]、小山[③]，古之伤心人也。其淡语皆有味，浅语皆有致。"余谓此唯淮海足以当之。小山矜贵有余，但可方驾子野④、方回⑤，未足抗衡淮海也。

【注释】

①冯梦华：即冯煦（1843—1927），字梦华，号蒿庵，金坛（今属江苏省）人。编选有《宋六十一家词选》，著有《蒿庵论词》，等等。《宋六十一家词选·序例》：《宋六十一家词选》十二卷，清冯煦根据毛晋所刻《宋六十名家词》编选而成，以选为主，偶有笺注，以存词人本色为宗旨。《序例》数十则，陈述体例之外，对入选词人之得失略加品骘，颇有眼光独到之处。

②淮海：即秦观（1049—1100），字少游，一字太虚，别号邗沟居士，学者称淮海居士，扬州高邮（今属江苏省）人。词集名《淮海词》，或称《淮海居士长短句》。

③小山：即晏几道（1030?—1106?），字叔原，号小山，抚州临川（今属江西省）人。晏殊第七子。著有《小山词》，黄庭坚为其作序。

④子野：即张先（990—1078），字子野，乌程（今浙江湖州）人。有"张三中"、"张三影"等雅称。著有《张子野词》。

⑤方回：即贺铸（1052—1125），字方回，号庆湖遗老，祖籍山阴（今浙江绍兴），长于卫州共城（今河南辉县）。自编词集《东山乐府》，今传词集名《东山词》。

【评析】

此则在手稿中原居第41则。前则论欧阳修，此则论秦观、晏几道，亦大体缘词史发展顺序而下也。

词体的悲情特征一直是王国维强调的核心问题。此则由冯煦评秦观、晏几道为"古之伤心人"的话题引申而论。所谓"伤心人"，其实包括经历、心境和文风三方面的综合评价，即由其生平经历的坎坷而形成凄凉的心境，从而在文学创作中表现出凄婉的风格。秦观陷于北宋新、旧党争而一生屡受贬谪，郁郁不得志；晏几道虽出身豪门，但中年家道中落，以致生活无凭。两人的"伤心"虽各有内涵，但同为"伤心"则一，冯煦合评，自蕴其理。

不过，冯煦以"伤心人"评论秦观和晏几道，并非因为两人的作品将悲情倾泻无余，遂有满目伤怀之感，而是因为他们在表现自己内心的伤感时，却通过淡语、浅语来弱化和淡化了这种悲情的外在表现。如此，透过这种淡语和浅语的表象，反而将悲情表达得摄人心魄。所谓"有味"、"有致"，乃是强调其对读者情感的穿透力。王国维应该是基本同意冯煦的观点，只是觉得冯煦将两人并论为"伤心人"，略有未安。秦观的柔弱伤感在诗词中的表现要更为充分，而晏几道骨子里的清傲性格使得其"伤心"更多地呈现出一种矜持高贵的气质，所以王国维认为只有秦观才是纯粹意义上的"伤心"，而晏几道的"伤心"则糅合了多种情感在内，所以反而部分障蔽了"伤心"的内涵，只是相对于张先、贺铸而显得伤心而已。王国维的这一区分颇显细微，眼力堪称独到。

二九

少游词境最为凄婉。至"可堪孤馆闭春寒，杜鹃声里斜阳暮"①，则变而凄厉矣。东坡赏其后二语②，犹为皮相。

【注释】

①"可堪"二句：出自北宋词人秦观《踏莎行》："雾失楼台，月迷津渡。桃源望断无寻处。可堪孤馆闭春寒，杜鹃声里斜阳暮。　驿寄梅花，鱼传尺素。砌成此恨无重数。郴江幸自绕郴山，为谁流下潇湘去。"

②"东坡"句：出自胡仔《苕溪渔隐丛话》前集卷五十引惠洪《冷斋夜话》："少游到郴州，作长短句。东坡绝爱其尾两句，自书于扇曰：'少游已矣，虽万人何赎！'"所谓"尾两句"即"郴江幸自绕郴山，为谁流下潇湘去"二句。东坡，即苏轼（1036—1101），字子瞻，一字和仲，号东坡居士，眉州眉山（今属四川省）人。著有《东坡乐府》，存词340余首。

【评析】

此则在手稿中原居第79则。移至此处，盖承上一则以"伤心人"相评秦观，继续就秦观词的悲情特点作进一步的申论。王国维将深美闳约、要眇宜修作为词体的基本特性，这意味着"婉"在词体中的规范意义。而"凄"则是对词体情感的基本指向。王国维分析"有我之境"，分析"昨夜"三句的情感，都不约而同地指向悲情，可见王国维对此的坚持。"凄婉"实际上可视为王国维对词体体性的再一次概括。

秦观在王国维词体观念中具有重要的典范意义，王国维所下的"最为凄婉"四字，堪作秦观词的定评，这是在区别秦观与其他词人时所强调的。但就秦观自身的创作来看，更有在凄婉之外而成凄厉的。王国维举了"可堪"两句

晓寒圖 王壽山人寫

作为例证，孤馆、春寒、杜鹃、斜阳都是适宜表现悲情的意象，而秦观又以"可堪"、"闭"、"暮"等强化了这种悲情的力度和深度，非一般悲情可比，所以王国维认为是"凄厉"，用"厉"来形容"凄"的极致程度。这里的"凄厉"与王国维语境中的"悲壮"实际上是意义相通的。

王国维在提出自己观点的同时，批评了苏轼对"郴江"两句的偏爱。但"皮相"云云，也不免唐突了。大概苏轼欣赏这两句的原因是其中传达了醇厚的韵味，有余不尽之意，而王国维侧重在悲情的力度。一个注重情感的纵深开掘，一个侧重情感的悠远传达，其纵横不同如此，所以评价也自然会有差异了。

三〇

"风雨如晦，鸡鸣不已"①，"山峻高以蔽日兮，下幽晦以多雨。霰雪纷其无垠兮，云霏霏而承宇"②，"树树皆秋色，山山尽落晖"③，"可堪孤馆闭春寒，杜鹃声里斜阳暮"，气象皆相似。

【注释】

①"风雨"二句：出自《诗经·郑风·风雨》："风雨凄凄，鸡鸣喈喈。既见君子，云胡不夷。风雨潇潇，鸡鸣胶胶。既见君子，云胡不瘳。风雨如晦，鸡鸣不已。既见君子，云胡不喜。"

②"山峻高"四句：出自《楚辞·九章·涉江》："……苟余心其端直兮，虽僻远之何伤。入溆浦余儃佪兮，迷不知吾所如。深林杳以冥冥兮，猿狖之所居。山峻高以蔽日兮，下幽晦以多雨。霰雪纷其无垠兮，云霏霏而承宇。哀吾生之无乐兮，幽独处乎山中。吾不能变心而从俗兮，固将愁苦而终穷……"

③"树树"二句：出自唐代诗人王绩《野望》："东皋薄暮望，徙倚欲何依。树树皆秋色，山山唯落晖。牧人驱犊返，猎马带禽归。相顾无相识，长歌怀采薇。"王国维将"唯"误作"尽"。

【评析】

此则在手稿中原居第111则。王国维从《诗经》、《楚辞》、唐诗、宋词中多方举例，说明文体虽有差异，但气象不妨相似的道理。而此则所言气象，侧重在整体景象的浑涵上，与

其论境界之"大"近似。

"气象"是王国维在"境界"之外较为重视的一个概念。所谓气象是指诗词所呈现出来的整体景观，是作品情感、思想与艺术结合后给予读者的总体印象。气象一般只可宏观感受，难以具体分析。严羽《沧浪诗话》提到的五种诗法中就有"气象"一法，王国维曾熟读《沧浪诗话》，"气象"概念可能来自于严羽。

王国维撰述词话，比较注重诗与词在文体上的差异性。但这种差异性其实是相对的，作为相邻文体，诗词在文体上的趋同性更是不可忽视。所以王国维在此则举了三首诗例来与词句对照，意在说明诗词"气象"上的相似性。王国维在建构理论上的周密性也由此可见一斑。

若细加分析，王国维列出的这四首作品中的词句确实存在着诸多相似的地方：在写景上，都着力表现出一种衰飒之景象，如风雨鸡鸣、山高蔽日、秋色落晖、孤馆斜阳等，都是惹人愁闷之景象；在抒情方式上，都借景言情，而且情感均侧重低回婉转的悲苦之情；在表达感情的程度上，都采用一种极致的方式，毫不掩饰，如不已、无垠、尽、可堪等，堪称淋漓尽致。这些景象、抒情方式和抒情程度的相似性，共同构成了王国维"气象皆相似"的基本内容。不过王国维并论诗词相似之气象，要在彰显词体之悲情特征，因为词体虽然不能"尽言诗之所能言"，但其内在感情特征和抒情方式毕竟与诗存在着较多的联系。

三一

　　昭明太子称陶渊明诗"跌宕昭彰，独超众类。抑扬爽朗，莫之与京"①。王无功称薛收赋"韵趣高奇，词义晦远。嵯峨萧瑟，真不可言"②。词中惜少此二种气象，前者唯东坡，后者唯白石略得一二耳③。

【注释】

　　①昭明太子：即萧统（501—531），字德施，小字维摩，兰陵（今江苏常州）人。梁武帝萧衍长子。谥昭明，世称昭明太子。曾编选周代以迄梁朝诗文总集成《文选》三十卷，其创作由后人辑为《昭明太子集》。陶渊明：即陶潜（365—427），字元亮，别号五柳先生，私谥靖节，入宋后始改名为"潜"，浔阳柴桑（今江西九江）人。著有《陶渊明集》。"跌宕"四句：出自南朝萧统《陶渊明集序》："有疑陶渊明诗篇篇有酒，吾观其意不在酒，亦寄酒为迹者也。其文章不群，词采精拔，跌宕昭彰，独超众类，抑扬爽朗，莫之与京。横素波而傍流，干青云而直上。语实事则指而可想，论怀抱则旷而且真。加以贞志不休，安道苦节，不以躬耕为耻，不以无财为病，自非大贤笃志，与道污隆，孰能如此乎？"

　　②王无功：即王绩（585—644），字无功，号东皋子，绛州龙门（今山西河津）人。著有《王无功集》五卷。薛收（591?—624）：字伯褒，蒲州汾阴（今山西万荣）人。薛道衡之子。著有文集十卷。"韵趣"四句：出自初

唐诗人王绩《王无功集》卷下《答冯子华处士书》。所称薛收赋，系《白牛溪赋》。

③白石：即姜夔（1155—1221?），字尧章，号白石道人，饶州鄱阳（今江西波阳）人。著有《白石道人诗集》、《白石道人诗说》、《续书谱》等。词集名《白石道人歌曲》，今存84首。

【评析】

此则在手稿中原居第63则。前一则论"气象"着眼在诗词之同；此则继论气象，着眼在诗词（包括赋）之异。王国维文心之精微于此可见。手稿原稿作"词中惜未有此二种气象"，后改"未有"为"少有"。"未有"确实言之绝对，而且接言东坡、白石略得其一二，如此，前后之间就有了矛盾。而且从此则来看，王国维是希望相当详尽地论述词的各种问题的，即使是词中偶尔出现的现象也不放过。

萧统对陶渊明诗文"跌宕昭彰，独超众类。抑扬爽朗，莫之与京"的评价，与其说是评其诗文，不如说是评其为人。因为接下来，萧统在《陶渊明集序》中就称赞陶渊明为人的"贞志不休，安道苦节"，誉其为志向笃实之"大贤"。这种在人格与文风上的超拔众类，爽朗逸怀，使其卓然挺立而无人能敌。而薛收的《白牛溪赋》，在王绩看来，也有一种因寓意晦远而表现出来的高奇韵趣。所谓"嵯峨萧瑟"，意即出人意表岸然自立之致。王国维认为，陶渊明诗和薛收赋中的这两种"气象"在词体中是很少出现的。这与王国维在界定词体特征时曾特别强调词"不能尽言诗之所能言"的说法彼此呼应。

不过，王国维虽然认为词中这两种气象少见，却并非没有。他认为苏轼的

身钦明月种梅花 乐民汤禄名写

词略具陶渊明诗的风味，而姜夔的词也偶得薛收赋的意趣。这一评价总体来说，自蕴其理。因为苏轼的洒脱不群自非一般词人可及，而其词风的抑扬爽朗如《念奴娇》（大江东去）、《江城子》（老夫聊发少年狂），也颇有陶渊明《咏荆轲》、《读〈山海经〉》以及与《归园田居》等诗错综而成的整体风范。姜夔的词素以"清空"驰名，托旨遥深，只以清气盘旋，也自有一种"嵯峨萧瑟"的意趣。王国维对此的辨析是值得关注的。王国维在《人间词话》中曾说："白石之词，余所最爱者亦仅二语，曰：'淮南皓月冷千山，冥冥归去无人管。'"其所举词句也颇有"嵯峨萧瑟"之趣，或可与此则对勘。

三二

词之雅郑，在神不在貌。永叔、少游虽作艳语，终有品格。方之美成①，便有淑女与倡伎之别。

【注释】

①美成：即周邦彦（1056—1121），字美成，自号清真居士，钱塘（今浙江杭州）人。词集名《清真集》，一名《片玉词》，存词 200 余首。

【评析】

此则在手稿中原居第 64 则。手稿原稿"神"作"神理"，"貌"作"骨相"。王国维初似拟在欧阳修与周邦彦之间进行比较，秦观乃后来添入者。"淑女"原作"贵妇人"。此则重在言格调问题，由人的格调说到词的格调，不仅与王国维所说的"有境界则自成高格"彼此对应，也与况周颐的"词心"说神理相通。

　　"雅郑"本是音乐术语，指雅乐和郑声。古代音乐由五声十二律交错而成，大致分为雅乐和郑声两类。扬雄《法言·吾子》说"中正则雅，多哇则郑"，所以雅和郑其实是正与邪、雅与俗的关系，而古代儒家推崇雅乐，所以把郑声视为淫邪之音。李世民《帝京篇十首》就有"去兹郑卫声，雅音方可悦"之说。其实郑声本是郑、卫两国的民间音乐，以热烈而绮靡著称，但周王朝却认为这种"靡靡之音"扰乱了雅乐的传播，所以极力加以排斥。

　　王国维言及雅郑，但并非意在其音乐上之区分，而是着眼于内质和外貌的不同。换言之，有些貌似雅正的东西可能恰恰是淫邪的；而有些看上去绮靡的东西，骨子里却是纯正的。欧阳修和秦观备受王国维宠爱，但两人写了不少艳情词也是事实，并非篇篇都是纯正的士大夫情怀。但王国维认为其艳情词自有品格，或者说其艳词并非作假，乃是特定场合的真情流露而已，因其"真"而自具格调，而周邦彦的艳情词则多属于逢场作戏的虚情假意而已。故欧阳修、秦观与周邦彦三人虽都作艳词，品格却截然不同：欧阳修、秦观词如贵妇人，艳丽乃是源于真情涌动；周邦彦词则如倡伎，艳丽乃是出于应酬或职业习惯而已。其间差异主要在于真与假的不同。王国维关于词之雅郑在神不在貌的说法当然是有道理的，但如此辨析欧阳修、秦观与周邦彦的不同，不免有为欧、秦曲为回护，而对周邦彦"何患无辞"之嫌疑了。可能是受到刘熙载《艺概》评论周邦彦词难当一个"贞"字的影响了。

　　王国维对周邦彦及其词的评价经过了一个比较曲折的过程：早年明确表示不喜清真词；至撰述《人间词话》时，总体评价虽然仍不高，但能区别对待其长处与短处；稍后撰述《清真先生遗事》，则誉为"词中老杜"，赞誉一时称极。如王国维在1905年撰写的《词辨·跋》中就说："予于词……于北宋喜同叔、永叔、子瞻、少游，而不喜美成。""不喜美成"四字赫然在目。至其不喜的原因，王国维在《词辨》的眉批中说："美成词多作态，故不是大家气象。若同叔、永叔虽不作态，而一笑百媚生矣。此天才与人力之别也。"这个思想应该多少被王国维带入到《人间词话》中来了，只是转换了笔调，从天才人力之别变为雅郑之分了。

三三

　　美成深远之致不及欧、秦①。唯言情体物，穷极工巧，故不失为第一流之作者。但恨创调之才多，创意之才少耳。

【注释】

①欧、秦：即欧阳修与秦观。

【评析】

此则在手稿中原居第8则。因是承前一则论周邦彦，故调整至此。也许前一则对周邦彦贬抑过甚，此则对周邦彦的评价略有回升。此则依旧在周邦彦、秦观、欧阳修三人之间的比较中表达自己的词学观。前一则乃是专门针对艳情词而言的，这一则在比较的基础上带有对周邦彦词总评的性质。从《人间词话》王国维对周邦彦词的贬评，可见其词学带着强烈的反悖意识。从清代周济之后，周邦彦一直是作为词史上"浑化"的代表而稳居词坛顶峰，晚清词坛仍是如此，而王国维从宋词中拿掉了吴文英，从清代词学理论中拿掉了周邦彦，实际上对于晚清词学，王国维是釜底抽薪了。其立说之锋芒于此可见。

"深远之致"属于传统文论话语，是指作品传达出来的一种比较广阔的意义联想和艺术感受的空间特征，与司空图的"韵外之致"和王士禛的"神韵"说等，精神是相通的。王国维在此提出，与他对词体"深美闳约"的体制要求是有直接联系的。因为作品深长的韵味与作者寄寓在作品中的深厚感情和含蓄、美赡的艺术风貌相关。王国维认为周邦彦在这方面比不上欧阳修与秦观，这与前一则论艳语当也有一定的联系，因为有品格的艳语相比纯粹的艳语，其耐人咀嚼的空间自然要更大。

不过，周邦彦只是在"深远之致"上不及欧阳修与秦观而已，这并不等于说周邦彦的词完全没有深远之致。从抒发感情的细腻、描摹物象的精致工丽来说，周邦彦仍有大过人者，所以王国维仍将其列入第一流词人之列。只是"创

意"之处不多，所以没有形成"深远之致"的主流倾向而已。王国维在此则说"恨"周邦彦创调之才多，只是相对于其创意之才少而言的。实际上在后来撰述的《清真先生遗事》中，对周邦彦的创调之才是极度赞赏的。

三四

词忌用替代字。美成《解语花》之"桂华流瓦"①，境界极妙，惜以"桂华"二字代月耳。梦窗以下②，则用代字更多。其所以然者，非意不足，则语不妙也。盖意足则不暇代，语妙则不必代。此少游之"小楼连苑"、"绣毂雕鞍"，所以为东坡所讥也③。

【注释】

①"桂华"句：出自北宋词人周邦彦《解语花·元宵》："风销焰蜡，露浥烘炉，花市光相射。桂华流瓦。纤云散、耿耿素娥欲下。衣裳淡雅。看楚女、纤腰一把。箫鼓喧、人影参差，满路飘香麝。　因念都城放夜。望千门如昼，嬉笑游冶。钿车罗帕。相逢处、自有暗尘随马。年光是也。唯只见、旧情衰谢。清漏移、飞盖归来，从舞休歌罢。"

②梦窗：即吴文英（1200？—1260？），字君特，号梦窗，晚号觉翁，四明（今浙江宁波）人。本或姓翁，与翁逢龙、翁元龙为兄弟，后过继为吴氏后嗣。其词集初名《霜花腴词集》，今不传。现有《梦窗词集》，存词340首。

③"此少游"二句：典出《历代诗馀》卷五引曾慥《高斋词话》："少游自会稽入都见东坡。东坡问作何词，少游举'小楼连苑横空，下窥绣毂雕鞍骤'。东坡曰：'十三字只说得一个人骑马楼前过。'"按，《高斋词话》当作"《高斋诗话》"。南宋黄昇《唐宋诸贤绝妙词选》卷二亦引用此节文字，但文字与此略异。"小楼连苑"、"绣毂雕鞍"，出自北宋词人秦观《水龙吟》："小楼连苑横空，下窥绣毂雕鞍骤。朱帘半卷，单衣初试，清明时候。破暖轻风，弄晴微雨，欲无还有。卖花声过尽，斜阳院落，红成阵、飞鸳甃。　玉佩丁东别后。怅佳期、参差难又。名缰利锁，天还知道，和天也瘦。花下重门，柳边深

巷，不堪回首。念多情，但有当时皓月，向人依旧。"

【评析】

此则在手稿中原居第 10 则，看似论替代字，实际上是换个角度来重申"创意"的重要。王国维原则上反对用替代字，其"忌用"二字，态度已颇为分明。其实在手稿中，"忌用"前是用了一"最"字的。王国维拈出发表时，将"最"字删去，可能正因为手稿撰写时不免捎带着情绪，而在正式发表时，则按照学理斟酌其辞，避免了措辞的极端化。事实上，替代字虽是词之忌，但也确实难以说是"最忌"的。

按照此则所云，替代字的主要弊端是容易损害到境界的自然。而所以使用替代字，则或者出于作者创意才能的欠缺，或者出于作者驾驭精妙自然语言的不足。王国维如此贬低替代字，与周邦彦特别是南宋吴文英等人多用替代字以至形成写作程式有关。

王国维是赞赏周邦彦"桂华流瓦"的境界之妙的，因为这四个字写出了一种月光照临屋瓦的流动状态，呈现出一种优雅的动感。但"桂华"二字以传说中的月宫桂花来指代月亮，不免失却自然的韵味。其实王国维此评可能忽略了周邦彦此词在结构上的呼应之意，因为歇拍"满路飘香麝"之句，正可与"桂华"二字呼应，以形成一种嗅觉上的美感。王国维把替代字的使用一概归于"非意不足，则语不妙"，也嫌绝对化了。实际上，替代字因为已先有一种文化内涵，则其被借用时，可以在一定程度上拓展作品的意义空间，未必就是以此来弥补"意"和"语"的窘迫的。只是如果以替代字为潮流，而缺乏结构上、意义上的呼应，确实会造成"隔"的结果。也因此，王国维"忌用"二字换成

"慎用"二字，学理上就更周密了。

　　王国维在此则结尾引用传说中苏轼对秦观"小楼"两句的批评，以作为其反对替代字的佐证，似乎已逸出替代字的话题了。如果此事属实，也不过是批评秦观词多意少，语言不够"约"的问题，因为"绣毂雕鞍"本身就是说马车，与替代字无涉。再说，此传说破绽也甚多，苏轼何至连"毂"都不认识，而要将楼下马车疾驶理解为是"一个人骑马楼前过"？王国维引用此则传说，可能也是未暇细思了。

三五

　　沈伯时《乐府指迷》云①："说桃不可直说桃，须用'红雨'、'刘郎'等字。咏柳不可直说破柳，须用'章台'、'灞岸'等字②。"若惟恐人不用代字者。果以是为工，则古今类书具在③，又安用词为耶？宜其为《提要》所讥也④。

【注释】

　　①沈伯时：即沈义父，字伯时，宋末词论家。著有《时斋集》、《乐府指迷》等。《乐府指迷》专论作词之法，凡29则，主要阐发吴文英的词学思想，其论结构、命意、音律等，颇为允当。

　　②"说桃"四句：出自宋末词论家沈义父《乐府指迷》："炼句下语，最是紧要。如说桃，不可直说破桃，须用'红雨'、'刘郎'等字。如咏柳，不可

直说破柳，须用'章台'、'灞岸'等字。又咏书，如曰'银钩空满'，便是书字了，不必更说书字。'玉筋双垂'，便是泪了，不必更说泪。如'绿云缭绕'，隐然鬓发。'困便湘竹'，分明是簟。正不必分晓，如教初学小儿，说破这是甚物事，方见妙处。往往浅学俗流，多不晓此妙用，指为不分晓，乃欲直捷说破，却是赚人与耍曲矣。如说情，不可太露。"王国维引文略有错漏。红雨，据传唐代天宝年间，宫中曾下雨，色红如桃，后遂以"红雨"代桃。刘郎，即刘禹锡（772—842），字梦得，洛阳（今属河南省）人。因其诗有"玄都观里桃千树，尽是刘郎去后栽"、"种桃道士归何处，前度刘郎今又来"等句，颇为驰名，遂以"刘郎"指代桃。章台，原为战国时所建宫殿，故址在长安（今陕西西安），以宫内有章台而得名，汉代又以"章台"名街，系歌伎聚居之地。章台指代柳，则与唐朝天宝年间诗人韩翃与一柳姓歌伎之离合故事有关。韩翃《寄柳氏》诗云："章台柳，章台柳，往日依依今在否。纵使长条似旧垂，也应攀折他人手。"以"章台"代柳，盖以此也。灞岸，原指灞水岸边。灞水上有灞桥，据《三辅黄图》记载："灞桥在长安东，跨水作桥，汉人送客至此桥，折柳赠别。"盖"柳"谐"留"音。唐代诗人杨巨源即有"杨柳含烟灞岸春，年年攀折为行人"之句。以"灞岸"代柳即缘于此。

③类书：按照一定的分类标准从群书中采摭、辑录，并大体按照或义系或形系或音系来编排，以便于检索、征引的一种带有资料汇编性质的工具书。《四库全书总目》将其归入子部。类书之祖，当推魏文帝时命诸儒撰集经传，随类相从之《皇览》。但此书早已散佚。唐代类书有《艺文类聚》、《文馆词林》、《初学记》、《北堂书抄》等。宋代类书编纂更是规模空前，有《太平御览》、《册府元龟》、《山堂考索》、《玉海》等。

④"宜其"一句：参见《四库全书总目》集部词曲类二《乐府指迷》条："又谓说桃须用'红雨'、'刘郎'等字，说柳须用'章台'、'灞岸'等字，说书须用'银钩'等字，说泪须用'玉箸'等字，说发须用'绛云'等字，说簟须用'湘竹'等字，不可直说破。其意欲避鄙俗，而不知转成涂饰，亦非确论。"

【评析】

此则在手稿中原居第9则，继续说明替代字之非，宗旨仍落在"创意"上。沈义父《乐府指迷》所云说桃说柳之代字，看上去颇为机械简单，其实是有一定的理论背景的。宋末流传之词，多为民间艺人所作，因为重在音律婉转合度方面，对于文字反而不甚讲究，导致"下语用字，全不可读"的状况，尤其是一些咏物词更是时序错乱、不明所指。在这种情况下，沈义父主张以替代字入词，可以初步纠正文字粗俗、咏物不明的现象，也是有一定的现实意义的。但后人引用沈义父的这一节言论，往往不考量这一背景，以至裁断失衡。王国维

　　引用沈义父此论，其实也已经脱离了沈义父的原始语境，而是从创意的角度来持论了，其"古今类书具在"云云，若质之沈义父之初衷，也不免出语唐突的。

　　倒是四库馆臣的说法更契合沈义父的语境特点，所以其对沈义父的批评也更到位。因为沈义父的这一"权宜之计"所带来的弊端是十分明显的。"其意欲避鄙俗，而不知转成涂饰"。以红雨、刘郎来指代桃，以章台、灞岸来指代柳，虽然各有其典故的形成原因，其在初始阶段或者特定语境中的使用，也诚然别具艺术魅力，但一旦这种使用变成一种常规套路，则其实是一种粗俗堕入到另外一种涂饰，这对于以创意为核心的文学来说，确实是偏离了正道。

三六

　　美成《青玉案》词："叶上初阳干宿雨。水面清圆，一一风荷举。"①此真能得荷之神理者。觉白石《念奴娇》②、《惜红衣》二词③，犹有隔雾看花之恨。

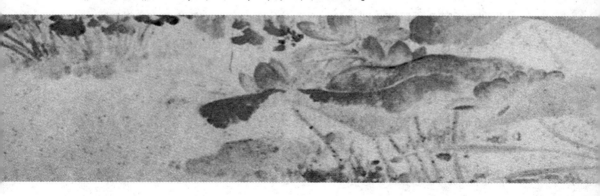

【注释】

①"叶上"三句：出自北宋词人周邦彦《苏幕遮》："燎沉香，消溽暑。鸟雀呼晴，侵晓窥檐语。叶上初阳干宿雨。水面清圆，一一风荷举。　故乡遥，何日去。家住吴门，久作长安旅。五月渔郎相忆否。小楫轻舟，梦入芙蓉浦。"王国维将"《苏幕遮》"误作"《青玉案》"。

②《念奴娇》：即姜夔《念奴娇·予客武陵，湖北宪治在焉。古城野水，乔木参天。予与二三友日荡舟其间，薄荷花而饮。意象幽闲，不类人境。秋水且涸，荷叶出地寻丈，因列坐其下，上不见日。清风徐来，绿云自动，间于疏处窥见游人画船，亦一乐也。揭来吴兴，数得相羊荷花中。又夜泛西湖，光景奇绝。故以此句写之》："闹红一舸，记来时，尝与鸳鸯为侣。三十六陂人未到，水佩风裳无数。翠叶吹凉，玉容销酒，更洒菰蒲雨。嫣然摇动，冷香飞上诗句。　日暮。青盖亭亭，情人不见，争忍凌波去。只恐舞衣寒易落，愁入西风南浦。高柳垂阴，老鱼吹浪，留我花间住。田田多少，几回沙际归路。"

③《惜红衣》：即姜夔《惜红衣·吴兴号水晶宫，荷花盛丽。陈简斋云：

"今年何以报君恩？一路荷花，相送到青墩。"亦可见矣。丁未之夏，予游千岩，数往来红香中，自度此曲，以无射宫歌之》："簟枕邀凉，琴书换日，睡馀无力。细洒冰泉，并刀破甘碧。墙头唤酒，谁问讯城南诗客。岑寂。高柳晚蝉，说西风消息。　虹梁水陌，鱼浪吹香，红衣半狼籍。维舟试望故国。眇天北。可惜渚边沙外，不共美人游历。问甚时同赋，三十六陂秋色。"

【评析】

此则在手稿中原居第 20 则，具体举证说明词中隔与不隔的区别。王国维虽出语简约，但意旨不离乎此。

王国维对周邦彦似乎一直存在着矛盾心理：一方面，认为其创意之才少，作品缺少深远之致，特别是艳词品格低下；另一方面，又认为周邦彦言情体物，穷极工巧，堪居第一流词人之列。这里王国维特别举出周邦彦"叶上"三句，认为其得荷花之神理，可以说是对此前批评周邦彦词较少深远之致的一种调整。所谓神理，义近神韵，是指传达出所咏之物的精神与韵味。前面王国维分析词之雅郑，有"在神不在貌"之说，而手稿上的"神"即原作"神理"的。"叶上"三句写宿雨之后，初阳洒照池塘荷花荷叶，用"清圆"来形容荷叶，用"举"来描写荷花挺拔之貌，用"一一"形容池塘荷叶之满及荷花盛开之状，确实将一幅清新而鲜活的场景展现在读者面前。而且语言自然顺畅，以不隔之语写不隔之景，所以为王国维极力赞赏。

同样是写荷花，姜夔的《念奴娇》、《惜红衣》却是另外一种情形。周邦彦是写丽日岸边观赏荷花，而姜夔则是写水中观荷，《念奴娇》更是写夜间观荷，故姜夔笔下的荷花，其形象一直在隐约迷离之中，而《惜红衣》则将写人、写荷融合为一，也难以分辨出人与荷的区别。这大概是王国维认为如"隔雾看花"的原因所在。通过这一则的说明，也在一定程度上反映出王国维"隔与不隔"说的理论局限。因为随着咏物的角度、时间、宗旨不同，这种或暗或明、或隔或不隔的情况是客观存在的，但其间似不能以高下而论，只是描写方式以及审美观念之不同而已。

三七

　　东坡《水龙吟》咏杨花①，和均而似元唱②；章质夫词③，原唱而似和均。才之不可强也如是！

【注释】

　　①东坡《水龙吟》咏杨花：即苏轼《水龙吟·次韵章质夫杨花词》："似花还似非花，也无人惜从教坠。抛家傍路，思量却是，无情有思。萦损柔肠，困酣娇眼，欲开还闭。梦随风万里，寻郎去处，又还被、莺呼起。　　不恨此花飞尽，恨西园、落红难缀。晓来雨过，遗踪何在，一池萍碎。春色三分，二分尘土，一分流水。细看来不是杨花，点点是离人泪。"

　　②和均：即和韵、次韵，指用他人原韵唱和的诗词。元唱：即唱和诗词中首唱的作品，其韵字和韵序均为后来所和诗词所遵循。

　　③章质夫：即章楶（1027—1102），字质夫，浦城（今属福建省）人。《全宋词》存其词二首。章质夫《水龙吟·杨花》："燕忙莺懒芳残，正堤上、杨花

飘坠。轻飞乱舞，点画青林，全无才思。闲趁游丝，静临深院，日长门闭。傍珠帘散漫，垂垂欲下，依前被、风扶起。　　兰帐玉人睡觉，怪春衣、雪沾琼缀。绣床渐满，香球无数，才圆欲碎。时见蜂儿，仰粘轻粉，鱼吞池水。望章台路杳，金鞍游荡，有盈盈泪。"

【评析】

此则在手稿中原居第 27 则。此则看似比较苏轼与章楶两首《水龙吟》的高下，其实乃借和韵一事，提出"才"的问题，从而为进一步轩轾南北宋的高下奠定基础。

苏轼次韵章楶的这首《水龙吟》确实出手不凡，而且格调高远，将咏物词所需要的妙在形神、离合之间的韵味表现得异样出色。起句"似花还似非花"一句即领起全篇，"似花"处重在描摹杨花的形态，"似非花"处则借杨花的茫然飘舞写出离人的情怀。所以在苏轼笔下，杨花与离人是若即若离的，得咏物词之正体。章楶的原唱也是清丽可喜，尤其对杨花的轻飞乱舞写得神情毕肖，如"闲趁游丝"六句，堪称神来之笔。章楶在写杨花之外也写离人，不过，两者基本上是分别描写，在杨花与离人的"若即"上不免留有遗憾。这大概是王国维分出苏轼与章楶高下的原因所在了。一般而言，原唱因无所依傍，可以从容骋才，容易写出特色；而次韵则因限于原韵，又要在原唱之外翻出新意，显得较难。所以王国维自称作词"尤不喜用人韵"的。这是创作的一般情形。但苏轼的次韵词却超出了章楶原唱词的水平，这就涉及才能大小的问题了。

此前数则王国维不断强调着创意的重要，但创意其实与词人的创作才能有关。苏轼天纵其才，故无论原唱、次韵，均能高出他人，这完全是才华的驱

使。而南宋词的唱和之风甚盛，其实是将词当作一种消遣应酬的工具了。这一方面使词的创作渐渐脱离了真性情，另一方面也反映出南宋词人在才华上的欠缺。所以"才之不可强也如是"，不仅针对苏轼与章桨二人，也宛然是针对北宋与南宋两个朝代的。但客观而论，王国维是以北宋的眼光来看待南宋的词了，所以其对南宋词的诸多评论，不免夹杂着较多的意气在内。

三八

咏物之词，自以东坡《水龙吟》最工①，邦卿《双双燕》次之②。白石《暗香》③、《疏影》④，格调虽高，然无一语道着。视古人"江边一树垂垂发"等句何如耶⑤？

【注释】

①咏物之词：即咏物词，是以描摹物的形状、神韵为主的一种题材类型。一般要求形神兼备，并能由物性而及人情。

②邦卿：即史达祖，字邦卿，号梅溪，汴京（今河南开封）人。著有《梅溪词》等，以善于炼句驰名。《双双燕》：即史达祖《双双燕·咏燕》："过春社了，度帘幕中间，去年尘冷。差池欲往，试入旧巢相并。还相雕梁藻井，又软语商量不定。飘然快拂花梢，翠尾分开红影。　芳径，芹泥雨润。爱贴地争飞，竞夸轻俊。红楼归晚，看足柳暗花暝。应自栖香正稳，便忘了、天涯芳信。愁损翠黛双娥，日日画栏独凭。"

③白石《暗香》：即姜夔《暗香·辛亥之冬，予载雪诣石湖。止既月，授简索句，且征新声，作此两曲。石湖把玩不已，使工妓肄习之，音节谐婉，乃名之曰暗香、疏影》："旧时月色。算几番照我，梅边吹笛。唤起玉人，不管清寒与攀摘。何逊而今渐老，都忘却、春风词笔。但怪得、竹外疏花，香冷入瑶席。　江国。正寂寂。叹寄与路遥，夜雪初积。翠尊易泣。红萼无言耿相忆。长记曾携手处，千树压西湖寒碧。又片片、吹尽也，几时见得。"

④《疏影》："苔枝缀玉。有翠禽小小，枝上同宿。客里相逢，篱角黄昏，无言自倚修竹。昭君不惯胡沙远，但暗忆、江南江北。想佩环、月夜归来，化作此花幽独。　犹记深宫旧事，那人正睡里，飞近蛾绿。莫似春风，不管盈盈，早与安排金屋。还教一片随波去，又却怨玉龙哀曲。等恁时、重觅幽香，已入小窗横幅。"

⑤"江边"句：出自唐代诗人杜甫《和裴迪登蜀州东亭送客逢早梅相忆见寄》："东阁官梅动诗兴，还如何逊在扬州。此时对雪遥相忆，送客逢春

可自由。幸不折来伤春暮，若为看去乱乡愁。江边一树垂垂发，朝夕催人自白头。”

【评析】

此则在手稿中原居第 76 则。从咏物词的角度来分析隔与不隔的问题，与第 36 则意脉相续。手稿修改甚多，原文称姜夔《暗香》、《疏影》二词“虽格调甚高，而境界极浅，情味索然。乃古今均视为名作，不可解也。试读林君复梅舜俞‘春草’诸词，工拙何如耶？”手稿上对这一段话还有修改。由此看来，此则弘扬苏轼、史达祖咏物词之工是一方面，而对被誉为咏物词绝唱的姜夔《暗香》、《疏影》提出批评则是另一方面。王国维词学的破与立从这些细微之处可以看出来。

苏轼的《水龙吟·次韵章质夫杨花词》此前已被王国维誉为“和均而似元唱”，此则更将此词列为咏物词之首。“最工”云云，实际上是指苏轼《水龙吟》咏写杨花最契合咏物词妙在似与不似之间的体制特点。史达祖的《双双燕》写一对燕子在春社之后飞回旧巢的轻飞之态以及心理变化；同时，也由燕子的“栖香正稳”，忘了传递芳信，而引出思妇情怀。就物性与人情的结合来看，也颇为自然。就描摹燕子双飞的姿态而言，其笔力并不在苏轼之下；但就全词结构来看，毕竟是侧重在描写燕子本身了。思妇之意，不过在最后略加点缀而已。对照苏轼的咏杨花词，整首词基本上形成了写物写人浑难分辨的境地，而且以开篇一句“似花还似非花”笼罩全篇，结构堪称稳健。

姜夔的《暗香》、《疏影》，乃写梅花的名篇；不仅在当时为范成大等所激赏，而且成为咏物词史上的经典之作。但在王国维看来，这两首名作虽然写出了一种很高的梅花格调，而且通过一些有关梅花的典故，梳理出梅花所折射出来的人文精神，但如果从咏物的“似”的角度来说，几乎完全脱离了当时情境中的梅花特征，而蜕变成了一种带有抽象意义的梅花。如此，咏物词的基本底蕴就嫌不足了。而如杜甫“江边一树垂垂发”之句的真切鲜明，则真有如在目前之感了。王国维所谓“无一语道着”的批评，就是建立在他主张描摹物象应该具有鲜明生动的物态特征这一点上。姜夔《暗香》、《疏影》二词堪称人文渊深，但对照这一要求，确实显得“隔”了。王国维的这一评价是符合其境界说的理论谱系的，但同时也将境界说的偏仄部分地表现出来了。

三九

　　白石写景之作，如“二十四桥仍在，波心荡、冷月无声”①、“数峰清苦，商略黄昏雨”②、“高树晚蝉，说西风消息”③，虽格韵高绝，然如雾里看花，终隔一层。梅溪、梦窗诸家写景之病，皆在一“隔”字。北宋风流，渡江遂绝。抑真有运会存乎其间耶？

【注释】

　　①“二十四桥”二句：出自南宋词人姜夔《扬州慢·淳熙丙申至日，予过维扬。夜雪初霁，荠麦弥望。入其城，则四顾萧条，寒水自碧。暮色渐起，戍角悲吟。予怀怆然，感慨今昔，因自度此曲。千岩老人以为有黍离之悲也》：

"淮左名都，竹西佳处，解鞍少驻初程。过春风十里，尽荠麦青青。自胡马、窥江去后，废池乔木，犹厌言兵。渐黄昏清角，吹寒都在空城。　杜郎俊赏，算而今、重到须惊。纵豆蔻词工，青楼梦好，难赋深情。二十四桥仍在，波心荡、冷月无声。念桥边红药，年年知为谁生。"

②"数峰"二句：出自南宋词人姜夔《点绛唇》："燕雁无心，太湖西畔随云去。数峰清苦。商略黄昏雨。　第四桥边，拟共天随往。今何许。凭栏怀古，残柳参差舞。"

③"高树"二句：出自南宋词人姜夔《惜红衣》："簟枕邀凉，琴书换日，睡馀无力。细洒冰泉，并刀破甘碧。墙头唤酒，谁问讯城南诗客。岑寂。高柳晚蝉，说西风消息。　虹梁水陌，鱼浪吹香，红衣半狼籍。维舟试望故国。眇天北。可惜渚边沙外，不共美人游历。问甚时同赋，三十六陂秋色。"

【评析】

此则在手稿中原居第77则。手稿原稿在"终隔一层"后列举了若干被批评的词人，其中周邦彦的名字后来被删除了。初刊本将批评的原因归于写景之"隔"，而手稿原文是批评南宋诸词人"皆未得五代北宋人自然之妙"。从这些修改可见王国维对批评方向的调整痕迹。

此则评述南宋诸家写景之病，宗旨在为其从整体上推崇北宋贬抑南宋提供理论支持。"北宋风流，渡江遂绝"八字，乃露出真相者。所以虽然只是列举了姜夔词句来作为"隔"的范例，但"梅溪、梦窗诸家"云云乃以此涵盖南宋一代之意。

姜夔的"二十四桥"二句，以旧桥、轻波、冷月构成一幅扬州战后萧条冷清景况，在凄清寂寥的画面中寄寓了姜夔的沉痛之情。月光本无所谓冷热，更无所谓有无声音，但姜夔前缀一"冷"字，后缀以"无声"二字，堪称无理而妙。"数峰"二句写黄昏欲雨，数峰无法如燕雁一样随云而去，所以只能无奈地"商略"着对策。"高树"二句写秋季渐临，栖居高树的晚蝉在凄凉的鸣叫声中包含着对秋季将至的惊恐之意。三处句子都带有拟人的意味，景物中移入了词人的感情，而且这种感情都偏于沉痛和忧虑不安方面，所以被王国维誉为"格韵高绝"。但从另外一个角度而言，这种拟人的方式也淡化了所描写景物的具体形态，带有意象化甚至抽象化的特征。所以，讲究描写景物要直观鲜明的王国维，便对此要不满了。所谓"如雾里看花，终隔一层"，正是因为姜夔的这种创作方式弱化了景物描写的直观性，而强化了景物的抒情性。王国维称之为"隔"，原因在此。

在此则结尾，王国维又提及史达祖和吴文英诸家，大意在说明如姜夔这种写景方式，乃是南宋特别是宋末词人之通病。也许正因为王国维的感觉是如此强烈，所以他认为北宋词的风流俊逸就再也不能渡江而至南宋了，这里面存在着一种"运会"。在王国维的语境中，这种"运会"其实就是指文体发展的规律。规律既是如此，王国维也就徒叹奈何了。不过，在王国维的沉重一叹之中，其实也包含着他个人在审美上的局限，因为"雾里看花"的美被排斥在他的审美视野之外了。

四〇

问"隔"与"不隔"之别，曰：陶①、谢之诗不隔②，延年则稍隔已③；东坡之诗不隔，山谷则稍隔矣④。"池塘生春草"⑤、"空梁落燕泥"等二句⑥，妙处唯在不隔。词亦如是。即以一人一词论，如欧阳公《少年游》咏春草上半阕云："阑干十二独凭春，晴碧远连云。千里万里，二月三月，行色苦愁人。"语语都在目前，便是不隔。至云"谢家池上，江淹浦畔"⑦，则隔矣。白石《翠楼吟》"此地。宜有词仙，拥素云黄鹤，与君游戏。玉梯凝望久，叹芳草、萋萋千里"，便是不隔。至"酒祓清愁，花消英气"⑧，则隔矣。然南宋词虽不隔处，比之前人，自有浅深厚薄之别。

【注释】

①陶：指陶渊明。

②谢：指谢灵运（385—433），小名客儿，后人习称谢客，袭封康乐公，故又称谢康乐，原籍陈郡阳夏（今河南太康），出生于会稽始宁（今浙江上虞）。后人辑有《谢康乐集》。

③延年：即颜延之（384—456），字延年，以直言无忌而有"颜彪"之称，琅邪临沂（今属山东省）人。后人辑有《颜延之集》。

④山谷：即黄庭坚（1045—1105），字鲁直，号山谷道人，又号涪翁，洪

州分宁（今江西修水）人。著有词集《山谷琴趣外篇》等。

⑤"池塘"句：出自南朝诗人谢灵运《登池上楼》："潜虬媚幽姿，飞鸿响远音。薄霄愧云浮，栖川怍渊沈。进德智所拙，退耕力不任。徇禄反穷海，卧痾对空林。衾枕昧节候，褰开暂窥临。倾耳聆波澜，举目眺岖嵚。初景革绪风，新阳改故阴。池塘生春草，园柳变鸣禽。祁祁伤豳歌，萋萋感楚吟。索居易永久，离群难处心。持操岂独古，无闷征在今。"

⑥"空梁"句：出自薛道衡《昔昔盐》："垂柳覆金堤，蘼芜叶复齐。水溢芙蓉沼，花飞桃李蹊。采桑秦氏女，织锦窦家妻。关山别荡子，风月守空闺。恒敛千金笑，长垂双玉啼。盘龙随镜隐，彩凤逐帷低。飞魂同夜鹊，倦寝忆晨鸡。暗牖悬蛛网，空梁落燕泥。前年过代北，今岁往辽西。一去无消息，那能惜马蹄。"

⑦"谢家"二句：出自北宋词人欧阳修《少年游》："阑干十二独凭春，晴碧远连云。千里万里，二月三月，行色苦愁人。　谢家池上，江淹浦畔，吟魄与离魂。那堪疏雨滴黄昏，更特地忆王孙。"

⑧"酒祓"二句：出自南宋词人姜夔《翠楼吟》："月冷龙沙，尘清虎落，今年汉酺初赐。新翻胡部曲，听毡幕、元戎歌吹。层楼高峙。看槛曲萦红，檐牙飞翠。人姝丽。粉香吹下，夜寒风细。　此地。宜有词仙，拥素云黄鹤，与君游戏。玉梯凝望久，叹芳草、萋萋千里。天涯情味。仗酒祓清愁，花销英气。西山外。晚来还卷，一帘秋霁。"

【评析】

此则在手稿中原居第78则。王国维在第36、38、39则的基础上，正式提出"隔与不隔"之说，并对隔与不隔的基本理论内涵予以总结。值得注意的是：王国维手稿原文开头是"问真与隔之别"，后来在手稿中将"真"改为"隔"，在原"隔"字前插入一"不"字。质言之，"不隔"的本义在王国维而言就是"真"，或许是"真与隔"的说法在话语上过于平常，故改为"隔与不隔"。从修改痕迹来看，王国维很可能在书写一列之后，就已经意识到原理论话语欠缺力度，因此将"真"改为"不隔"了，从第二列开始，便没有再出现"真"字了。再有，手稿原文解释"不隔"为"语语可以直观"，后将"可以直观"四字改为"都在目前"。所以"不隔"与"直观"的关系，也有考量的空间。

在王国维的观念中，无论是写景、咏物，总以真切鲜明、直接可感、自然活泼为旨归。不合此旨便是隔，合乎此旨便是不隔。隔与不隔的理论本身并不复杂。

王国维仍是先从诗人或诗歌说起，则词之隔与不隔乃是从诗歌创作现象中推衍到词体之中的。但王国维论诗只分"不隔"与"稍隔"两类，并没有举出"隔"的诗人或诗句。而且其论不隔分别从诗人和诗句两个层面来举证，而论稍隔，则没有举出具体诗句。其举例论证似欠周延。说陶渊明、谢灵运、苏轼之诗不隔，本身就嫌绝对，因为一人之创作形态必然是多方面，以"不隔"概之，至多只能说是从主体方面着眼的。同样，说颜延之、黄庭坚之诗稍隔，也不免简单化了。"池塘"、"空梁"两句之所以被王国维视为"不隔"之典范，原因就在于这两句写直观之景与即兴之感，而且将其表现得自然生动，如在眼前。

分析诗歌中的不隔与稍隔，只是为词之隔与不隔作一理论铺垫而已。但王国维进而论词时，论述方式其实发生了悄悄的变化：从对诗人的总论和对诗句的单一分析，转变为对同一首词从结构上分析其隔与不隔的彼此关系。如其分析欧阳修的《少年游》、姜夔的《翠楼吟》都是如此。《少年游》中"阑干"至"苦愁人"数句，《翠楼吟》中"此地"至"姜姜千里"数句，都是直接写出眼前之情景，读者不必作过多联想，即可从文字而直接进入作品描写的情景之中。而《少年游》中"谢家"两句，则分别使用了谢灵运和江淹的两个典故，《翠楼吟》中"酒祓"两句，虽非用典，但用意曲折甚至带有一定的抽象化的倾向。读者要明白欧阳修和姜夔在这些句中所表达的意思，就需要对其中典故或用意曲折之处细加钻研之后，才有可能明白其宗旨。如此周折，就失去了诗词直接予人以感动的艺术魅力。手稿原来在此则书眉补写了数句："以一人之词论，如白石咏蟋蟀'露湿铜铺，苔侵石井，都是曾听伊处'，便是不隔。"后将其整体删除。大概是作为"不隔"的例证，其语言尚有比较明显的修饰痕迹，未能尽当"自然"二字。

王国维其实是将北宋与南宋大别为"不隔"与"隔"两种类型的，其推崇北宋、贬抑南宋的部分原因即在此。所以他在分析南宋"不隔"之例的同时，也不忘将南宋的"不隔"置于北宋的"不隔"之下，说其间有浅深厚薄之区别。王国维对自身理论的坚守，真是在在可见。

四一

"生年不满百，常怀千岁忧。昼短苦夜长，何不秉烛游"①，"服食求神仙，多为药所误。不如饮美酒，被服纨与素”②，写情如此，方为不隔。“采菊东篱下，悠然见南山。山气日夕佳，飞鸟相与还”③，“天似穹庐，笼盖四野。天苍苍。野茫茫。风吹草低见牛羊”④，写景如此，方为不隔。

【注释】

①“生年”四句：出自《古诗十九首》第十五：“生年不满百，常怀千岁忧。昼短苦夜长，何不秉烛游。为乐当及时，何能待来兹。愚者爱惜费，但为后世嗤。仙人王子乔，难可与等期。”

②“服食”四句：出自《古诗十九首》第十三：“驱车上东门，遥望郭北墓。白杨何萧萧，松柏夹广路。下有陈死人，杳杳即长暮。潜寐黄泉下，千载永不寤。浩浩阴阳移，年命如朝露。人生忽如寄，寿无金石固。万岁更相送，圣贤莫能度。服食求神仙，多为药所误。不如饮美酒，被服纨与素。”

③“采菊”四句：出自东晋诗人陶潜《饮酒》第五首：“结庐在人境，而无车马喧。问君何能尔，心远地自偏。采菊东篱下，悠然见南山。山气日夕佳，飞鸟相与还。此中有真意，欲辨已忘言。”

④“天似”五句：出于北朝诗人斛律金《敕勒歌》：“敕勒川，阴山下。天似穹庐，笼盖四野。天苍苍。野茫茫。风吹草低见牛羊。”

【评析】

此则在手稿中原居第81则。手稿原文在“飞鸟”句下接着引录“此中有真意，欲辨已忘言”二句，后将此二句删去，补入“天苍苍”数句，当是增多写景不隔之句例，加强立论之力度。在内容上，此则是对隔与不隔说的补充。

客我醉欲眠君且去

因为此前言及隔与不隔，侧重在写景或咏物方面，此则将重点转移到写情方面。王国维一般是先具体分析作品，表达出一种理论倾向，然后总结理论，然后再补充、调整理论。其隔与不隔说的形成、补充和完善堪称这一撰述方式的典范。

不妨先从此则后段说起。关于写景的不隔，王国维此前已有数度分析。这里不避重复，再举二例，一方面，当然是出于强化写景在隔与不隔说中的主导意义；另一方面，也是为了与写情形成对应的格局。故关于"采菊"四句和"天似"五句何以被称为不隔，这里不拟再作分析。

《古诗十九首》被称为是东汉末期文人五言诗的代表之作，比较典型地体现了在动荡之世文人或对于人生短暂、及时行乐的感慨，或对于功名的强烈渴望，而且在表达这种感慨和愿望时，往往直言不讳，肆口而发，形成了一种自然、直率、畅达的文风。刘熙载《游艺约言》曾以"亲切高妙"赞誉《古诗十九首》的整体风格。王国维此则所举的"生年"四句、"服食"四句，都表达了因为生命容易稍纵即逝而产生的及时享受和游乐的心理。与中国古代诗歌的比兴传统不同，《古诗十九首》所呈现的是一种未加任何掩饰、包装的感情，也因此而显得格外真实。所以王国维"不隔"理论不仅包含真景物，也包括真感情。明乎此，"不隔"之说与境界说的关系也就昭然可见了。

四二

古今词人格调之高，无如白石。惜不于意境上用力，故觉无言外之味，弦外之响，终不能与于第一流之作者也。

【评析】

此则在手稿中原居第 22 则。手稿原文在"弦外之响"后接言："终落第二手。其志清峻则有之，其旨遥深则未也。"所谓"其志清峻"、"其旨遥深"乃引用《文心雕龙·明诗》中"嵇志清峻"、"阮旨遥深"而变化之。但《文心雕龙》原是分别评价嵇康与阮籍两人诗风之差异，王国维合而为一用以评论姜夔，当是别具会心了。但志之清峻与旨之遥深之间如何拿捏分寸，确实是个难题，故王国维在发表时将这段文字删除，而直接用"终不能与于第一流之作者也"作结，倒也显得文字利落。

姜夔和周邦彦始终是王国维深感矛盾的两个人物。但周邦彦纵有创意的欠缺、用典的弊端，王国维仍是将其列入第一流词人之列的，而姜夔则被排除在第一流词人之外。因此在对周邦彦和姜夔两人的取舍上，周邦彦要略微领先的。

姜夔何以被冷落如此？这从大的方面来说，姜夔生当南宋后期，宋末词人的群体弊端，姜夔也不免有染。从姜夔本人而言，因为过于追求如野云孤飞、来去无端的清空之境，所以其词往往意旨飘忽，让人不易捉摸。再加上好用典故，使词意的隐晦就更为突出。而在写景状物上，也鲜有北宋词的那种生动真切之貌，往往如雾里看花，终隔一层。这一些都导致了姜夔词在表达主题方面的不足。意旨已经难明，就更难追寻言外之味、弦外之响了。

王国维归纳姜夔词不足的形成原因是不在意境上用力。此处的"意境"在内涵上与"境界"说是相似的。只是因为王国维撰述手稿才至第22则，境界说尚在酝酿之中，故仍以"意境"来表述。而境界说讲究的是真景物的如在目前，真感情的在在可感，以及语言上的自然畅达。对照这三点基本要求，姜夔走的几乎完全是另外的路子。其不入王国维法眼，原因在此。但王国维对于姜夔本人是并不否认的，将其列为格调最高之人，这与姜夔清客的身份、傲然的性格都是有一定关系的。只是王国维认为姜夔这种为人的高格调没有融入其词中，从而形成词的高格调。这都是偏离了对意境的追求，而将技艺放在首位所造成的。王国维对姜夔的这一评价放在其理论体系中是可以理解的，但他对姜夔词的隔膜主要还是由于其审美的偏执所造成的。

四三

　　南宋词人，白石有格而无情，剑南有气而乏韵①。其堪与北宋人颉颃者，唯一幼安耳②。近人祖南宋而桃北宋，以南宋之词可学，北宋不可学也。学南宋者，不祖白石，则祖梦窗，以白石、梦窗可学，幼安不可学也。学幼安者率祖其粗犷、滑稽，以其粗犷、滑稽处可学，佳处不可学也。幼安之佳处，在有性情，有境界。即以气象论，亦有"横素波"、"干青云"之概③，宁后世龌龊小生所可拟耶？

【注释】

①剑南：即陆游（1125—1210），字务观，号放翁，山阴（今浙江绍兴）人。著有《剑南诗稿》85卷，存诗9300多首。另有《渭南文集》50卷，内含词二卷，系陆游于淳熙十六年（1189）自行编定，后别出单行，名《渭南词》，一名《放翁词》，共130余首。

②幼安：即辛弃疾（1140—1207），初字坦夫，后改幼安，号稼轩居士，济南历城（今属山东省）人。著有《辛稼轩诗文钞存》（今人邓广铭辑）、《稼轩词》等，存词620余首。

③"横素波"、"干青云"二句：出自南朝萧统《陶渊明集序》："有疑陶渊明诗篇篇有酒，吾观其意不在酒，亦寄酒为迹者也。其文章不群，词采精拔，跌宕昭彰，独超众类，抑扬爽朗，莫之与京。横素波而傍流，干青云而直上。语实事则指而可想，论怀抱则旷而且真。加以贞志不休，安道苦节，不以躬耕为耻，不以无财为病，自非大贤笃志，与道污隆，孰能如此乎？"

【评析】

此则在手稿中原居第11则。王国维看似针对学词路径是宗北宋与宗南宋的问题展开讨论，其实是对近人词风的一次集中批评。所以，"近人"二字才是这一则的关键词。而且手稿撰述至本则，才第一次将矛头对准"近人"。王国维撰述词话之初衷，此则便是露出本相者。手稿文字与初刊本文字在前半基本相同，但后半变化甚大。手稿原文在"佳处不可学也"后面接下的文字是："同时白石、龙洲学幼安之作且如此，况他人乎！其实幼安词之佳者，如《摸鱼儿》、《贺新郎·送茂嘉》、《青玉案·元夕》、《祝英台近》等，俊伟幽咽，固独有千古。白石、梦窗宁能道其只字耶！"后又在手稿上将末句改为初刊本"横素波"云云，文字略有差异。王国维的这一修改至少透露了如下信息：首先，王国维原来批评的矛头是针对姜夔与吴文英两人的，但手稿修改后以"梦窗辈"模糊言之，白石便消隐在后了；而在正式发表时，连"梦窗辈"数字也去掉，改为"后世龌龊小生"，则不仅包括南宋末年以吴文英为代表的若干词人，似将后来师事吴文英的词人也包括在内，批评的范围因此更加广泛。其次，王国维手稿文字只是举例说明辛弃疾《摸鱼儿》等词具有"俊伟幽咽"的艺术特点，乃是十分传统的评说方式，而在正式发表时，则言"幼安之佳处，在有性情，有境界"，盖手稿撰述至第11则，境界说尚未明朗，故在话语上多因袭传统，而在发表时，境界说已自具体系，王国维遂将相关评价纳入到境界说的体系中来衡量。了解了这一过程，无论是勘察手稿的撰述形态还是考量初刊本的理论形态，都会更加清晰。

王国维在此则继续批评姜夔"有格而无情"，其实仍是对姜夔不在意境上用力的说明。而陆游的词虽有一种对时局的郁勃不平之气，但未能敛气，所以有锐气而无远韵。吴文英的堆垛故实更是在词学史上备受批评。如此，南宋词的基本格局已经离以真性情、真景物为核心的境界说渐行渐远了。在王国维的观念中，只有辛弃疾是逸出在这种南宋基本格局之外的，兼具性情、境界、气象之美，遥接北宋一路词风。所以王国维在贬抑南宋词风时，一直对辛弃疾另眼相看。

但遗憾的是，自从周济在《宋四家词选》中提出学词路径由南宋以追北宋之后，南宋词风风行一时。而近人师法南宋词并未完全按照周济的路径，周济是主张问途王沂孙、然后再兼收吴文英和辛弃疾的长处，最终达到周邦彦的境界。而近人不遑说追至周邦彦了，在吴文英的阶段就基本上流连忘返了，再兼师姜夔，而对姜夔、吴文英词风具有重要调整价值的辛弃疾大体被冷落了。少数师法辛弃疾的词人，也不是师法其沉郁苍凉，而是模拟其粗犷、滑稽之处，则不免有买椟还珠之嫌了。所以不师北宋已是差了路头，师法南宋又取其下。词风之不振，根源于此。王国维撰述此则，意在唤起当代词人对北宋词的重新关注，而辛弃疾其实是被王国维纳入到北宋词风的范围之内的。结尾"龌龊小生"云云，不免流于意气了。

四四

东坡之词旷，稼轩之词豪。无二人之胸襟而学其词，犹东施之效捧心也[1]。

【注释】

①东施之效捧心：典出《庄子·天运》："西子病心而矉其里，其里之丑人见之而美之，归亦捧心而矉其里。其里之富人见之，坚闭门而不出；贫人见之，挈妻子而去走。彼知矉美，而不知矉之所以美。"

【评析】

此则在手稿中原居第 115 则。手稿原文结尾是："白石之旷在文字，而不在胸襟。"后删除并易为初刊本文字。删除的原因除了关于东坡之旷与白石之旷的比较在手稿下一则有专门评析之外，也与本则原言东坡与稼轩词风差异，忽加上"白石之旷"，从文本上来说只是呼应了"东坡之词旷"，而忽略了"稼轩之词豪"，显然文笔枝蔓了。

此则犹是承前一则而来。按照前后语境，重点似落在辛弃疾身上，大约是苏轼、辛弃疾风格相近，所以并为论述。而并论苏、辛二人，也与"近人"词风有关。盖近人学辛弃疾词，多侧重在粗犷、滑稽方面，而对于辛词中的性情、境界、气象，则不遑师法。所以这一则提出"胸襟"以作师法辛弃疾的门径。其实师法辛弃疾，仍可汇流到师法北宋的大方向中来。

所谓"胸襟"，是指人的性格、气质、精神和学养凝合成的一种人格境界。胸襟高远，才能脱略凡俗，超越凡境，而成就自身的卓越。王国维在《文学小言》第4则评论屈原、陶潜、杜甫、苏轼四人以其"文学之天才"与"高尚伟大之人格"而成就"高尚伟大之文学"。此所谓"高尚伟大之人格"即近乎此"胸襟"之意。在王国维看来，苏轼与辛弃疾都属于胸襟高远之人，其人既非常人可以效法，其词也非常人可以模仿。若勉强效法模仿，不过如东施效法西施"捧心"之状，不仅没有西施的美，反而彰显出自己的丑来。因为西施的"胸襟"在"病心"，因病心而捧心，故不失自然；东施既然没有病心之事，则在形式上"捧心"，就不免贻人以笑柄了。王国维所举此例不一定十分契合其语境，但其意义指向的方式是相近的。

词学史上往往将苏轼与辛弃疾并列为豪放词派的代表，这当然是着眼两人词风之所同，也有一定的道理。但实际上，苏轼与辛弃疾二人生活年代既然不同，个人经历和性格内涵也有差异。表现在词风上，就是两人虽然都写了不少超越传统婉约风格的词，但各自在超越后的风格趋向仍是有着明显的差异的。陈廷焯在《白雨斋词话》中认为苏轼心地磊落，而且有一种源于天性的忠爱，所以他的词在超旷的风格中表达出平和之意；辛弃疾气概阔大，但没有实施抱负的机会，所以他的词在豪雄的风格中包含着悲郁之意。陈廷焯的这一分析，堪称精辟，王国维此论也可能是受到陈廷焯的影响了。

四五

读东坡、稼轩词，须观其雅量高致，有伯夷[①]、柳下惠之风[②]。白石虽似蝉蜕尘埃，然终不免局促辕下。

【注释】

①伯夷：始姓墨胎氏，名允，字公信，谥号伯夷。商代末年孤竹君之子，被孟子誉为"圣之清者"。

②柳下惠：即展获（前720—前621），字子禽，春秋时期鲁国人。"柳下"是他的食邑，"惠"则是他的谥号，故称"柳下惠"。被孟子誉为"圣之和者"。

【评析】

此则在手稿中原居第100则。手稿第115则即承此则而比较"东坡之旷"与"白石之旷"的不同。可能因发表篇幅所限，故未选录与前内容有重复的第115则，而是选录了第99则承续此后，因为此则乃就"胸襟"问题而作进一步发挥。手稿原文结尾是："然如韦、柳之视陶公，其高下固殊矣。"又将末句改为"非徒有上下床之别"。无论是手稿原文，还是手稿修订文字，均没有出现在初刊本中，初刊本只是用"然不免局促辕下"一句作结。大概因为此寥寥数十字已经涉及东坡、稼轩与白石三人了，若再加入韦应物、柳宗元、陶潜三人，则人物纷纭反乱其思了。其实王国维无论是对手稿的修订，还是正式的发表文字，总体是朝着理论集中、结构与文辞简约方向努力的。

所谓"雅量高致"是指宽宏的气度和高雅的情致，其实就是前则所云"胸襟"的具体内涵。此则比较苏轼、辛弃疾与姜夔的不同，再次申论人品与词风的紧密关系。王国维将词人人品上升到伯夷、柳下惠的境界，可见其悬格之高。

伯夷是商代末年孤竹君的长子，本有继位的资格，但孤竹君有意让次子继位。而在孤竹君去世之后，其次子又坚让伯夷继位，伯夷以父命不可违为由拒绝，后并隐居首阳山，因耻食周粟而饿死。柳下惠虽然在鲁国仕途蹭蹬，但不改直道事人的秉性，后隐居而成"逸民"。伯夷和柳下惠在古代都属于有气节、有胸襟、不慕名利之人，素被视为隐逸君子的典范。王国维在这里将苏轼和辛弃疾比拟为伯夷和柳下惠，只是就其气度高逸、情致脱俗而言的。王国维要求研读苏轼和辛弃疾的词，就要从中读出两人的这一种气度和情致。如果能由此而将自己的气度和情致向苏轼和辛弃疾两人靠拢，则师法其词，就有了基本的底蕴。

相比对苏轼和辛弃疾的极度赞誉，王国维对姜夔再次从人品方面提出了批评。姜夔一生虽为清客，但既然是食人门下，自然要局促自己，谨言慎行，以迎合主人之好恶。所以姜夔偶尔表现出来的清高孤傲，其实掩饰不住自己受约

束的无奈。对照这一则，看来此前王国维对姜夔词"格韵高绝"的评价，也未必是一个充分正面的评价。

四六

　　苏、辛，词中之狂。白石犹不失为狷。若梦窗、梅溪、玉田①、草窗②、中麓辈③，面目不同，同归于乡愿而已④。

【注释】

①玉田：即张炎（1248—1319?），字叔夏，号玉田，又号乐笑翁，长期寓居临安（今浙江杭州）。著有词集《山中白云词》和论词专著《词源》二卷等。

②草窗：即周密（1232—1298），字公谨，号草窗、蘋洲、四水潜夫、弁阳老人等，其先济南人，后寓居吴兴（今浙江湖州）。著有《草窗韵语》、《蘋洲渔笛谱》、《草窗词》等。

③中麓：当为"西麓"之误。西麓，即陈允平（1205?—1285?），字君衡，号西麓，四明（今浙江宁波）人。著有词集《西麓继周集》、《日湖渔唱》等。"中麓"乃明代诗人李开先之号。

④乡愿：即媚于世俗、不讲道德的伪善者、伪君子之意。孔子曾把"乡愿"看成是"德之贼"。

【评析】

此则在手稿中原居第 101 则，仍沿上则之话题，细分词人之"胸襟"类型而已。其中初刊本中的"中麓"在手稿本中即原作"西麓",可能是拈出发表时,误写为"中麓"了。当然,也有手民误植的可能。

此词人三品说,以狂为上,狷居中,乡愿为下,三品次第而下。不过三品之中,王国维似并非为苏轼、辛弃疾等张目,而主要是落在南宋吴文英、史达祖等人上,在鲜明的对照中,将南宋词大体予以整体性的否认,再次强化崇北宋贬南宋的基本倾向。

狂者、狷者、乡愿三者并提盖始于孔子。其实这三者并非孔子心目中的理想人格,孔子将能践履"中行"——即中庸之道的人才称之为君子。但芸芸众生,能当得起"君子"称号的能有几人?所以孔子退而求其次,对狂者和狷者也表示了部分认同。因为这两者虽然不合"中行",但狂者的进取无畏和狷者的有所不为,毕竟仍有可取之处。但"乡愿"却是孔子极力反对的,因为狂者和狷者偏离"中行"乃是人所共知的,而"乡愿"之人貌似忠信廉洁,其实是与尧舜之道背道而驰的,带有更大的欺骗性,所以孔子用"德之贼"来形容乡愿之人,可见其憎恨之态度。刘熙载在《游艺约言》中论及诗文书画之品,也提及狂和狷二品,而乡愿根本是不入品的。

苏轼与辛弃疾就词的体制而言,勇于变革,有狂者之貌,故其词风能一新世人耳目,但若求其与深美闳约的词之体制的契合,就不免有所偏离了。姜夔没有如苏轼、辛弃疾一般对词体的突破之心,但他的词也非传统的婉约风格可限,而是在清空一路上发展,路径更窄,这是姜夔"有所不为"的表现。所以王国维将苏轼、辛弃疾和姜夔分别拟之如狂者和狷者。而宋末如吴文英、史达祖、张炎、周密、陈允平诸家,在王国维看来,虽然各有其特色,但不免媚乎时俗，其中大量的应酬作品更有伪饰的成分在内。所以，他们的作品看似符合婉约的体制，但实际上是背离的，尤其是这种背离往往还不容易为人所察觉，所以王国维拟之如乡愿。应该说王国维对苏轼、辛弃疾、姜夔三人的类别划分大致还是合理的，而对于吴文英等人的集体否定，就不免略逞意气了。

四七

　　稼轩中秋饮酒达旦，用《天问》体作《木兰花慢》以送月曰[①]："可怜今夕月，向何处、去悠悠。是别有人间，那边才见，光景东头。"[②]词人想象，直悟月轮绕地之理，与科学家密合，可谓神悟。

【注释】

　　①《天问》：屈原所作，就天地、自然、灵异、人文等疑难一气问了170多个问题。题目为"天问"，大概是因为天的地位尊崇，不可"问天"，只能"天问"。

　　②"可怜"数句：出自南宋词人辛弃疾《木兰花慢·中秋饮酒将旦，客谓：前人诗词，有赋待月，无送月者。因用〈天问〉体赋》："可怜今夕月，向何处、去悠悠。是别有人间，那边才见，光景东头。是天外空汗漫，但长风、浩浩送中秋。飞镜无根谁系，姮娥不嫁谁留。　谓经海底问无由。恍惚使人愁。怕万里长鲸，纵横触破，玉殿琼楼。虾蟆故堪浴水，问云何、玉兔解沉

浮。若道都齐无恙，云何渐渐如钩。"

【评析】

此则在手稿中原居第 61 则。手稿原文较长，大半文字乃叙述此《木兰花慢》的传刻情况，后为王国维删除。"词人想象"之"词人"在手稿上为"诗人"。在王国维的语境中，"诗人"大体可以涵括"词人"，而"词人"则是相对单一的称呼。

此则仍是为辛弃疾张目，宗旨落在一"真"字。辛弃疾中秋佳节通宵饮酒，在酒酣耳热之际，因客人提出自来诗词多赋待月，而无送月者，辛弃疾乃自任其命，作了这首《木兰花慢》。"可怜"数句在惜别今夜之月的同时，对于月落的方向作了想象性的猜测，认为此处月落必意味着彼处的月升，则月球乃是绕着地球旋转的道理在这种猜测中得到了证实。王国维说这是"神悟"，原因是在辛弃疾的时代，对月球绕地球旋转的道理尚未为世人所普遍接受，而后来的科学家证实的结果却正是如此，所以王国维要惊叹辛弃疾的联想与科学家的结论"密合"了。

王国维虽然接受了西方的科学思想，但并无意把文学当作科学来看待。相反，在王国维早期的文章中，对于文学的审美意义作了充分估量。此则以辛弃疾《木兰花慢》为例，不过是为了强调真实在文学中的重要意义。看来，王国维的境界说在强调真景物、真感情之外，也对符合科学的联想充满了期待。

四八

　　周介存谓："梅溪词中喜用'偷'字，足以定出其品格①。"刘融斋谓："周旨荡而史意贪。"②此二语令人解颐。

【注释】

　　①"梅溪"二句：出自清代词论家周济《介存斋论词杂著》："梅溪甚有心思，而用笔多涉尖巧，非大方家数，所谓一钩勒即薄者。梅溪词中，喜用偷字，足以定其品格矣。"

　　②"周旨"句：出自清代词论家刘熙载《艺概》卷四《词曲概》："周美成律最精审，史邦卿句最警炼，然未得为君子之词者，周旨荡而史意贪也。"

【评析】

　　此则在手稿中原居第74则，文字悉同，大意仍是补充关于"胸襟"的话题。

　　以引代论是王国维撰述词话的又一种方式，而所引录文字多出自中国古代诗论词论，则这种方式适可见出其立论的中国古典文论之渊源。只是有时王国维引而不论，有的则在引录之后稍加辩证，有的则略缀数字以表认同。本则属于后者。

　　周济和刘熙载是泽被王国维词论最多的两位词学家，王国维明引、暗用其词论处甚多。此则分引周济和刘熙载之论，涉及周邦彦和史达祖两位词人，但重心落在史达祖一人身上，周邦彦不过是因为引用成句而无法舍弃罢了。"周旨荡"之意，此前王国维在分析欧阳修、秦观与周邦彦"艳语"的不同时，已经斥其无品格，并拟之如倡伎。而对史达祖则多为涉猎而及而已。

周济从史达祖词中频繁使用"偷"字来形容其品格如"偷"，也属别有会心者。史达祖用"偷"字之例如"千里催偷春暮"、"浑欲便偷去"、"篱落翠深偷见"、"春翠偷聚"、"犹将泪点偷藏"、"偷黏草甲"、"偷理绡裙"，等等。不仅数量多，而且用法各有不同，以描写动作为主，如"偷去"、"偷见"、"偷聚"、"偷藏"、"偷黏"、"偷理"等。这种以"偷"的心理来描写动作，其实是表达了史达祖在宋末艰难时世的一种特殊心理，故其动作有这样的谨慎和胆怯特征。据实说，这些"偷"字的使用是不乏其精妙之处的。但周济认为这个"偷"字可以定其品格，并非对其"偷"字使用的非议，而是因为史达祖的词意往往暗袭他人，故姑且用史达祖好用的这个"偷"字来形容这种创意的匮乏。因为匮乏，所以"偷"意现象便不一而见了。所以史达祖与周济两人是在不同的概念上使用这个"偷"字的。但周济的这一说法毕竟比较模糊了，所以刘熙载以"史意贪"来点化周济使用的这个"偷"字，就更准确更鲜明了。而王国维的"解颐"，则表明了他对周济、刘熙载二人之说的认同。

四九

介存谓梦窗词之佳者，如"水光云影，摇荡绿波，抚玩无极，追寻已远"①。余览《梦窗甲乙丙丁稿》②，中实无足当此者。有之，其"隔江人在雨声中，晚风菰叶生秋怨"二语乎^③？

【注释】

①"水光"四句：出自清代词论家周济《介存斋论词杂著》："梦窗非无生涩处，总胜空滑。况其佳者，天光云影，摇荡绿波，抚玩无极，追寻已远。"王国维将"天光"误作"水光"。

②《梦窗甲乙丙丁稿》：即吴文英词集《梦窗词稿》，因其以甲乙丙丁厘目，故有此称。

③"隔江"二句：出自南宋词人吴文英《踏莎行》："润玉笼绡，檀樱倚扇。绣圈犹带脂香浅。榴心空叠舞裙红，艾枝应压愁鬟乱。　午梦千山，窗阴一箭。香瘢新褪红丝腕。隔江人在雨声中，晚风菰叶生秋怨。"

【评析】

此则在手稿中原居第 12 则，因此前数则皆以评析南宋词人为主，此则乃评吴文英，故安排于此。王国维此则在引述周济之语的基础上略加辨证，而宗旨在否定吴文英词。否定吴文英词其实就是间接否定"近人"词，因为晚清自王鹏运、朱祖谋等开始，对吴文英词倾注了极大的关怀，并利用他们在词学上的声誉而影响了一代词风。

周济虽是常州词派的理论家，但他对创始人张惠言的词学思想其实是多有充实和调整的。譬如吴文英词就曾深受张惠言非议，《词选》即未录其词。而周济则予吴文英以一定的地位。他不仅在《宋四家词选》中将吴文英作为学词门径之一，而且在相关著作中对吴文英词作了重新定位。周济认为，自宋末张炎以"七宝楼台"讽喻吴文英词之后，词论家多以密丽晦涩为吴文英词之定评。但实际上，吴文英词是具有多种面目的，其中的一些优秀作品更有一种从容而明秀的风格，言外不无深远之致，给人以较大的联想空间。周济虽然没有举例，但验诸吴文英词集，确实颇多其例。如吴文英《唐多令》词即曾被张炎《词源》誉为"疏快"之作。

王国维一方面似乎不同意周济之说，说吴文英词集中"实无足当此者"；但另一方面又举出"隔江"二句来印证周济的话，颇有意味。"隔江"二句写静中隔江观雨，将视觉、听觉融通来写，而晚风菰叶何以生怨？则不暇再说，尽在言外了。这不仅切合周济所说的"追寻已远"，也切合王国维自己所追求的"深远之致"了。当然，在吴文英词集中类似这样的句子并非仅此二句，只是因为王国维对吴文英极端的不满，所以不烦也不愿再引了。

<h1 style="text-align:center">五〇</h1>

梦窗之词，吾得取其词中之一语以评之曰："映梦窗，凌乱碧。"①玉田之词，余得取其词中之一语以评之曰："玉老田荒。"②

【注释】

①"映梦窗"二句：出自南宋词人吴文英《秋思·荷塘为括苍名姝求赋其听雨小阁》："堆枕香鬟侧。骤夜声，偏称画屏秋色。风碎串珠，润侵歌板，愁压眉窄。动罗莛清商，寸心低诉叙怨抑。映梦窗，零乱碧。待涨绿春深，落花香泛，料有断红流处，暗题相忆。　　欢酌。檐花细滴。送故人，粉黛重饰。漏侵琼瑟，丁东敲断，弄晴月白。怕一曲《霓裳》未终，催去骖凤翼。欢谢客犹未识。漫瘦却东阳，镫前无梦到得。路隔重云雁北。"王国维将"零乱"误作"凌乱"。

②"玉老田荒"句：出自南宋词人张炎《祝英台近·与周草窗话旧》："水痕深，花信足。寂寞汉南树。转首青阴，芳事顿如许。不知多少消魂，夜来风雨。犹梦到、断红流处。　最无据。长年息影空山，愁入庾郎句。玉老田荒，心事已迟暮。几回听得啼鹃，不如归去。终不似、旧时鹦鹉。"

【评析】

此则在手稿中原居第 14 则，仍是批评宋末吴文英、张炎二人。王国维以其语回评其人，不免夹杂着情绪。吴文英是常州词派中后期的宠儿，特别是晚清民国之时，吴文英的词风席卷南北，一时称盛。张炎是浙西词派举以为典范的词人，所谓"家白石而户玉田"，可见张炎词在清代前期的流行程度。王国维将吴文英与张炎并加贬斥，一方面，可见其不立宗派的学术立场；另一方面，也是因为吴文英与张炎都属于被王国维基本否定的南宋词人，而吴文英与张炎又都堪称是南宋词风的代表，故王国维拈以重点批评，矛头则是针对步趋南宋词人的近代词坛。

"映梦窗"二句，原是吴文英为名姝赋听雨小阁中的句子，乃写春季梦中凌乱的绿色景象，适以形容其茫然纷乱之心绪。以景写情，本是与主题契合甚紧的好句。而王国维拈以回评吴文英词，乃是用了断章取义的方法，借以形容

吴文英词的意象密集而凌乱，思维跳跃而模糊，语言美赡而堆砌。尤其是句中"梦窗"二字又恰好是吴文英的号。这既可看出王国维的慧心所在，又可见出其对吴文英贬抑过甚的心态。

"玉老田荒"是张炎与周密话旧的《祝英台近》一词中的句子。其《踏莎行》中另有"田荒玉碎"之句。张炎因此而自号"玉田"，可见他的自赏之意。"玉老田荒"的意思，张炎在接下的"心事已迟暮"一句已经大致说出其意思了。大意是形容自己如田园荒芜如玉石老碎，诸事无成而已。此在张炎表述其心境而言，也是自然贴切的。王国维将此四字断章以评张炎词，则改变了其内涵，主要形容张炎词的意思枯竭。王国维当然不是不明白"映梦窗"二句和"玉老田荒"的本意，只是故意借其成句而讽刺二人。将吴文英与张炎之词如此恶评，其实是将近人师法吴文英和张炎二人的学理釜底抽薪了。

五一

"明月照积雪"①、"大江流日夜"②、"中天悬明月"③、"黄河落日圆"④，此种境界，可谓千古壮观。求之于词，唯纳兰容若塞上之作如《长相思》之"夜深千帐灯"⑤、《如梦令》之"万帐穹庐人醉，星影摇摇欲坠"差近之⑥。

【注释】

①"明月"句：出自南朝诗人谢灵运《岁暮》："殷忧不能寐，苦此夜难颓。

明月照积雪，朔风劲且哀。运往无淹物，年逝觉已催。"

　　②"大江"句：出自南朝诗人谢朓《暂使下都夜发新林至京邑赠同僚》："大江流日夜，客心悲未央。徒念关山近，终知反路长。秋河曙耿耿，寒渚夜苍苍。引顾见京室，宫雉正相望。金波丽鳷鹊，玉绳低建章。驱车鼎门外，思见昭丘阳。驰晖不可接，何况隔两乡？风云有鸟路，江汉限无梁。常恐鹰隼击，时菊委严霜。寄言罻罗者，寥廓已高翔。"

　　③"中天"句：出自唐代诗人杜甫《后出塞五首》之二："朝进东门营，暮上河阳桥。落日照大旗，马鸣风萧萧。平沙列万幕，部伍各见招。中天悬明月，令严夜寂寥。悲笳数声动，壮士惨不骄。借问大将谁，恐是霍嫖姚。"

　　④"黄河"句：出自唐代诗人王维《使至塞上》："单车欲问边，属国过居延。征蓬出汉塞，归雁入胡天。大漠孤烟直，长河落日圆。萧关逢候骑，都护在燕然。"王国维将"长河"误作"黄河"。

　　⑤纳兰容若：即纳兰性德（1655—1685），原名成德，因避讳而改名性德，

字容若，号楞伽山人，先世为蒙古人。著有《通志堂集》，附词四卷，词集初名《侧帽》，后经顾贞观增补并易名为《饮水词》，今存词近 350 首。"夜深"句：出自清代词人纳兰性德《长相思》："山一程。水一程。身向榆关那畔行。夜深千帐灯。　　风一更。雪一更。聒碎乡心梦不成。故园无此声。"

⑥"万帐"二句：出自纳兰性德《如梦令》："万帐穹庐人醉。星影摇摇欲坠。归梦隔狼河，又被河声搅碎。还睡。还睡。解道醒来无味。"

【评析】

此则在手稿中原居第 45 则。手稿原举诗句更多，其中"澄江静如练"、"山气日夕佳"、"落日照大旗"、"大漠孤烟直"等在初刊本中被删除，所删各句在意象上与留存各句原本也极为相近的，王国维或许是出于简约文句的需要而删去若干重复性的意象。初刊本"此种境界可谓千古壮观"在手稿中作"此等境界可谓千古壮语"。因为所举诗句意象实相似，故"此种"确比"此等"要精准，"此等"不免有形态各异的可能了。又因为所列诗句皆呈现宏阔的视觉意象，故"壮观"一词也更切实。

此则仍是求诗词之同。不过这种"同"侧重在壮观阔大的气象方面。王国维分析境界类型时曾有大、小境的区分，这里所说的应该近乎"大"境。诗中壮观之境比较常见，而词因为体制"要眇宜修"的限制，多以表现婉约之情致、细腻之景象为主，所以壮观词境相对少见。王国维通过此则，意欲表达这样的看法：诗词两种文体其实颇多兼通，即在"壮观"之境上也不例外。

王国维先后引用了谢灵运、谢朓、杜甫、王维的诗句来作为"壮观"之境的范例。"明月照积雪"，写明亮之月与白色之雪相映照，自然会形成茫茫无际的感觉；"大江流日夜"，既是"大江"则其奔流可知，"流日夜"更写出一种时间上的无尽之感；"中天悬明月"，则一方面月明可知，另一方面因为其悬挂中天，则其月光洒照的范围之广阔也可想见；"黄河落日圆"，将长河水流的奔涌与黄昏夕照融合为一整体画面，带有强烈的苍凉浑厚之感。这四句诗，无论是在画面上写静景、动景，也无论是在时间上写一时之景、永恒之景，都写出了一种辽阔、苍茫、深沉、浑厚的感觉。不仅气魄绝大，而且思虑渊深。王国维说是"千古壮观"，并非虚誉。

词中壮观之境，原本在苏轼、辛弃疾、刘过、刘克庄等人词中也时有表现，如苏轼《江城子》之"千骑卷平冈"，辛弃疾《水龙吟》之"楚天千里清秋"，等等。但王国维此处不举此数人，而特别挑出清代的纳兰性德来作对应之论，或许与他接下来要评说纳兰性德的词有关。王国维所列举的"夜深"一句和"万帐"二句，写草原夜景，夜色的掩护自然会带来深沉苍茫之感，但纳兰性德重点写的是深夜蒙古包里透出的光亮，写醉眼中摇摇欲坠之星影。其实这些景象本无所谓"壮观"，但纳兰性德分别点缀一"千"字一"万"字，遂使得画面骤然拉开而变得壮阔起来。虽然王国维列举诗歌之例，皆为自然之景象，而列举纳兰词例，则侧重在人文景观，但景象的"壮观"确是相似的。

五二

纳兰容若以自然之眼观物，以自然之舌言情。此由初入中原，未染汉人风气，故能真切如此。北宋以来，一人而已。

【评析】

　　此则在手稿中原居第 123 则。"自然之舌"在手稿中作"自然之笔"。手稿"真切如此"后原有一节文字曰："后此如《冰蚕词》便无余味。同时朱、陈、王、顾诸家便有'文胜''则史'之弊。"王国维在手稿中将"冰蚕"一句删去，而在发表时，又将"同时"一句删去，改为"北宋以来，一人而已"。这个修改当然体现了王国维在理论表述上凝练集中的要求。但从删去的文字也可略窥王国维撰述此则之初衷。《冰蚕词》作者承龄（1814—1865），乃满族著名诗人，在晚清词名甚高。其《冰蚕词》录词 54 首，以长调为主，师法南宋吴文英、王沂孙等人，词风沉郁，偶有晦涩处。这种学词路径和词风是王国维极力反对的，所以将其与同是满族词人的纳兰容若进行比较，认为承龄词"无余味"。其实《冰蚕词》中也有数量不少的小令，乃取法五代北宋，体现出婉美雅洁的审美特点，应与王国维的审美旨趣较为接近，但王国维似乎论未及此。

　　而"朱、陈、王、顾"乃指清初朱彝尊、陈维崧、王士禛、顾贞观四人。此四人在清初词坛均享有重名，而且在整个清代影响深远，王国维援引《论语》中"文胜质则史"一语以评此四人，大意是批评他们过于讲究形式以至文质不称。这个评价当然显得简单。但王国维的初衷是在清代词学的格局中彰显纳兰容若的特殊意义，所以不惜出语略重。其实，对清词整体的鄙薄之意已先见于 1906 年发表由王国维代笔的《人间词甲稿序》，其云："元、明及国初诸老，非无警句也，然不免乎局促者，气困于雕琢也。嘉、道以后之词，非不谐美也，然无救于浅薄者，意竭于摹拟也。"而在同样是王国维代笔的《人间词乙稿序》中，王国维除了重申清词之不堪，更由此突出了纳兰容若的不凡地位。其语云："自元迄明，益以不振。至于国朝，而纳兰侍卫以天赋之才崛起于方兴之族。其所为词，悲凉顽艳，独有得于意境之深，可谓豪杰之士，奋乎百世之下者矣。同时朱、陈，既非劲敌；后世项、蒋，尤难鼎足。至乾、嘉以降，审乎体格韵律之间者愈微，而意味之溢于字句之表者愈浅。岂非拘泥文字而不求诸意境之失欤！"这两节文字就反映出王国维对清词的基本判断。其实，王国维不仅否定有清一代之词，而且对元明词也一笔抹杀，再加上对南宋词的彻底否定，于是就将纳兰的地位自然升任为北宋之后"一人而已"。

但在王国维的理论语境中，纳兰确实应该占有极高的位置。"自然"是王国维非常重视的一个概念，其论境界说的内涵，论隔与不隔等，"自然"始终是其中最核心的内涵之一。此则从"自然"的角度将纳兰性德誉为北宋以来"一人而已"，这个评价不可谓不高，但其实着眼点在"北宋"二字。换言之，王国维是以北宋之眼来裁断词史，而纳兰性德无论是在小令的体制选择上还是在风格的趋同上，确实更具北宋的韵味。

所谓"以自然之眼观物"，即是超越人世间种种利害关系，从自然人性和纯粹审美的角度来审视外物，从而将外物的精神观照出来，物性的彰显也由此最为充分。王国维在此其实强调的是一种审美主体对审美客体的纯粹性。所谓"以自然之舌言情"，就是将即兴的感受用自然的语言予以表达，不刻意借用典故，或安排结构，以造成艰深的作品面貌，而是将活泼泼的情感自然倾泻出来，如此才能将物性和最真实的审美感受通过自然的语言表达出来。所以这两句不仅求物性之真，也求情感之真。"真"是"自然"最坚实的底蕴。

王国维认为，纳兰性德之所以能在文体程式化十分严重的清代，依然葆有这种自然之心，与他蒙古族的民族习性有一定关系。清代满人主政，虽然有一个不断汉化的过程，但在纳兰性德的时代，尚较多地保留了蒙古民族——即前所谓"方兴之族"自然率真的性格，所以能在已久被扭曲、失却自然韵致的词体中重新唤回这样一种真切自然的风格。虽然"北宋以来，一人而已"的评价显得太高，但从纳兰词里，确实可以看到一种久违了的北宋词珠圆玉润的神采，这可能是王国维对其特加垂青的原因所在。而且，在"自然"之外，纳兰词境之"大"，也是王国维极为欣赏的。

五三

陆放翁跋《花间集》谓："唐季五代，诗愈卑，而倚声者辄简古可爱……能此不能彼，未可以理推也。"①《提要》驳之谓："犹能举七十斤者，举百斤则蹶，举五十斤则运掉自如。"②其言甚辨。然谓词必易于诗，余未敢信。善乎陈卧子之言曰③："宋人不知诗而强作诗，故终宋之世无诗……然其欢愉愁苦之致，动于中而不能抑者，类发于诗馀，故其所造独工。"④五代词之所以独胜，亦以此也。

【注释】

①"唐季"数句：出自南宋词人陆游《花间集·跋》："唐自大中后，诗家日趣浅薄，其间杰出者亦不复有前辈闳妙浑厚之作，久而自厌，然梏于俗尚，不能拔出。会有倚声作词者，本欲酒间易晓，颇摆落故态，适与六朝跌宕意气差近，此集所载是也。故历唐季五代，诗愈卑，而倚声者辄简古可爱……笔墨驰骋则一，能此不能彼，未易以理推也。"王国维将"未易"误作"未可"。

②"犹能"数句：出自清代《四库全书总目》集部词曲类一《花间集》："后有陆游二跋……其二称：'唐季五代，诗愈卑，而倚声者辄简古可爱。能此不能彼，未易以理推也。'不知文之体格有高卑，人之学力有强弱。学力不足副其体格，则举之不足。学力足以副其体格，则举之有馀。律诗降于古诗，故中晚唐古诗多不工，而律诗则时有佳作。词又降于律诗，故五季人诗不及唐，词乃独胜。此犹能举七十斤者，举百斤则蹶，举五十则运用自如，有何不可理推乎？"

③陈卧子：即陈子龙（1608—1644），字人中，又字卧子，号大樽，松江华亭（今属上海）人。著有《陈忠裕公词》等。

④"宋人"数句：出自明代末年诗人陈子龙《王介人诗馀序》："宋人不知诗而强作诗。其为诗也，言理而不言情，故终宋之世无诗焉。然宋人亦不可免于有情也。故凡其欢愉愁怨之致，动于中而不能抑者，类发于诗馀，故其所造独工，非后世可及。盖以沉至之思而出之必浅近，使读之者骤遇如在耳目之表，久诵而得沉永之趣，则用意难也。以儇利之词，而制之实工炼，使篇无累句，句无累字，圆润明密，言如贯珠，则铸词难也。其为体也纤弱，所谓明珠

翠羽，尚嫌其重，何况龙鸾？必有鲜妍之姿，而不藉粉泽，则设色难也。其为境也婉媚，虽以警露取妍，实贵含蓄，有余不尽，时在低回唱欢之际，则命篇难也。惟宋人专力事之，篇什既多，触景皆会。天机所启，若出自然。虽高谈大雅，而亦觉其不可废。何则？物有独至，小道可观也。"王国维将"愁怨"误作"愁苦"，又衍"然其"二字。

【评析】

此则在手稿中原居第95则。手稿在援引《四库全书总目》后原文为："然谓词格必卑于诗，余未敢信。"手稿原是就诗词尊卑问题发表感想，而在正式发表时则以"词必易于诗"替换"词格必卑于诗"一句，转而论诗词难易问题。盖《四库全书总目》之语确侧重于诗词难易之论，其间似无涉诗词之高下尊卑，故王国维将其评语调整如此。手稿此则结语原并称"唐季五代"，初刊本删去"唐季"，亦因为王国维对唐词一向评价不高，其论词史之有境界者，亦以"五代北宋"并称，故仅保留"五代"，以与相关理论彼此呼应也。

此则在引述与辨析中，探讨文体嬗变之规律，隐含着"一代有一代之文学"之观念。

陆游《花间集·跋》注意到晚唐五代词体渐盛，却正是诗体萎靡之时，所以提出了一时代文学创作"能此不能彼"的问题。也就是说，一个时代某一种新文体的兴盛，往往意味着旧文体的衰落。与此相关的是：一个诗人在某一种文体上的擅长也常常意味着在别的文体上的陌生。陆游虽然说"未易以理推也"，其实他的"能此不能彼"也已经大致地说出了这个"理"了。

《四库全书总目》对陆游跋文的辩驳，其实已经偏离了陆游的本意。以举重为例来说明写诗就好像能举 70 斤的人来举 100 斤的物体，故会感到吃力，而填词就好像只要举 50 斤的东西，自然会很轻松，以此来说明诗难词易的道理。王国维一方面认为就举重本身而言，四库馆臣的说法堪称"甚辨"；但另一方面又认为以此来说明诗词之难易轻重，就不免流于妄谈了。他援引陈子龙《王介人诗馀序》分析宋代诗词兴替的原因来作为自己立说的依据。陈子龙认为宋词的成就之所以在宋诗之上，就在于宋人对诗歌的定位发生了问题，他们没有充分重视情感与诗歌的关系，将议论说理作为诗歌的本质，而将喜怒哀乐之情倾注到词体之中，所以"无意"中促成了宋词的发达。陈子龙以情感为本位来分析宋代诗词之不同，自蕴其理。但宋诗的议论化其实也是诗体发展的一种必然，也具有同样的文体意义。陈子龙在这方面过于拘于传统了，故其立说有欠通透之处。王国维并非专门探讨宋代诗词之高下，他只是择取陈子龙在诗词上坚持的情感本体论，来为自己的文体更替规律作一旁证而已。他将五代词的繁盛与宋词的繁盛相并而论，认为也体现了这一规律。就这一点而言，王国维的学理是自足的。

五四

　　四言敝而有楚辞①，楚辞敝而有五言②，五言敝而有七言③，古诗敝而有律绝④，律绝敝而有词。盖文体通行既久，染指遂多，自成习套。豪杰之士，亦难于其中自出新意，故遁而作他体，以自解脱。一切文体所以始盛终衰者，皆由于此。

故谓文学后不如前，余未敢信。但就一体论，则此说固无以易也。

【注释】

①四言：即四言诗，是古代诗体的一种。句式主要以四字组成，也有少量杂言句式，上古歌谣及《周易》中的部分韵语，已初具四言诗的形态。我国第一部诗歌总集《诗经》即是以四言体为主，杂有少量三、五、七、八、九言之句。楚辞：又称"楚词"，是战国时期的伟大诗人屈原在楚地民间文艺的基础上创造的一种诗体，内容以描写楚地的山川人物、历史风情为主，使用大量的楚地方言声韵，充满了多种艺术想象，具有浓厚的地方特色。汉代刘向把屈原、宋玉以及带有楚辞风格的作品汇编为《楚辞》一书。楚辞对汉赋的形成产生了重要影响。

②五言：即五言诗，是古代诗体的一种。句式每句五个字。作为一种独立的诗体，大约起源于西汉而在东汉末年趋于成熟。五言诗可分为五言古诗、五言律诗、五言绝句等多种形态。

③七言：即七言诗，是古代诗体的一种。每句以七字组成，也有少量杂言句式。秦汉时期的民间歌谣已有七言诗的雏形，唐代七言诗全面兴盛。七言诗主要包括七言古诗、七言律诗和七言绝句等形态。

④古诗：即古体诗，是相对于近体诗（即格律诗）的一种诗歌文类，分四言、五言、七言、杂言古诗等多种形态，而以五言、七言为主。古诗最初得名大概始于魏晋时期，将此前无名氏所作的无题五言诗统称为"古诗"，即今之

《古诗十九首》。律绝：即律诗与绝句，是近体诗的两种基本类型，主要分五言律诗、五言绝句、七言律诗、七言绝句等。绝句每首四句，律诗每首八句。格律、用韵要求严格。

【评析】

此则在手稿中原居第 125 则，也是手稿的最后一则，从内容上而言，带有总结文体演变、兴替规律的意味。手稿与初刊本文字虽略有差异，但基本无涉理论方向的调整。惟初刊本中"遁而作他体，以自解脱"一句，手稿原文是："遁而作他体，以发表其思想感情。"手稿是从"他体"的角度来言说发表思想感情的问题，而初刊本则从"他体"与"自成习套"之已"敝"之体的关系中来论说。

从某种程度而言，一部文学史即是一种种文体兴衰、交替的历史。王国维撰述此则，可见他虽以"词话"名自己的这部著述，其实是以词体为重点来探索文学发展的规律等诸多问题的。

四言—楚辞—五言—七言，古诗—律绝—词。王国维对文体嬗变规律的描述其实包含着两个层次：先是在"古诗"的范围内列出从四言到七言的发展过程，继而将"古诗"与近体诗、词划分为另外一个过程，而将"词"作为韵文文体的终结。两个阶段的划分，确实是符合韵文文体发展实际的。在文体兴替过程中，王国维使用了一个"敝"字。所谓"敝"就是指文体在长期发展过程中逐渐形成并拘为定式的"习套"。因为这种习惯越顽固，程式越繁琐，其对诗人情性的桎梏也就越多。如此，文体的衰落便不可避免。所以王国维的这个"敝"字，确实部分地反映了文体程式化倾向所导致的必然结果。但这个"敝"

字也容易被误解为一种新文体的产生必定以一种旧文体的衰落为前提。事实上，文体演变并非简单地以一文体替代另一文体，而是往往还有其他的因素在起着作用。譬如楚辞的产生便并非因为四言诗的"敝"，而是与楚国的地方风俗有关；再譬如词体的产生也非完全根源于近体诗的衰落，而与音乐体系的转变也有着颇为密切的关系。再说古诗、律绝、词的并行，其实也是宋代及此后文学的常态，故一个"敝"字，实不足反映出文体嬗变规律的全部。

王国维认为一种文体在产生之初，都会葆有着一种独特的文体魅力和活力。但当这种文体被染指的程度过深，就会不断被赋予新的规范，而规范的增多，自然会影响到诗人表达感情的自由，所以新的文体就在这种感情需求中产生了。这当然需要"豪杰之士"过人的创造能力才能将这一愿望付诸实施的。这既是他们个人的解脱之道，也是新文体产生的动力所在。但值得注意的是，王国维虽然认为文体都有始盛终衰的规律存焉，但就文学总体而言，却不能由此得出后不如前的结论。因为情感表达的艺术是处于不断变化之中的，而文体不过是为这种情感表达提供一种体制载体而已。文体本身并无尊卑优劣之分的。此论堪称精辟。

五五

诗之《三百篇》①、《十九首》②，词之五代、北宋，皆无题也。非无题也，诗词中之意，不能以题尽之也。自《花庵》③、《草堂》每调立题④，并古人无题之词亦为之作题。

如观一幅佳山水，而即曰此某山某河，可乎？诗有题而诗亡，词有题而词亡。然中材之士，鲜能知此而自振拔者也。

【注释】

①《三百篇》：即《诗经》之别称，因其有诗 305 首，故约以成数而称之为《三百篇》，亦称《诗三百》。

②《十九首》：即《古诗十九首》，为东汉末年无名氏文人所作五言诗的合称，初名《古诗》，因其数量为 19 首，故后世多称《古诗十九首》，省称《十九首》。

③《花庵》：即《花庵词选》，亦名《绝妙词选》，南宋黄昇编选，共 20 卷，选词 1000 多首。前 10 卷为《唐宋诸贤绝妙词选》，后 10 卷为《中兴以来绝妙词选》。所选各家系以小传，间附评语，颇具卓识。

④《草堂》：即《草堂诗馀》，南宋何士信编选，共 4 卷，选录唐五代宋词 367 首，以宋代柳永、苏轼、秦观、周邦彦四家词为最多。按内容分为四季、节序、天文、地理、人物、器皿等 11 类，词下系以作者名，少量词句下有注，词后多附录各家词话。此书宋刊本已佚，今存最早为元代刊本。

【评析】

此则在手稿中原居第 39 则，其实是在先写的一则基础上进行大幅删除后新写的条目，原条目仅保留"诗有题而诗亡"至末数句。而"如观一幅佳山水，而即曰此某山某河，可乎"数语，则为发表时王国维补写的文字。手稿中被大幅删除的原文是："诗词之题目本为自然及人生。自古人误用为美刺投赠，题目既误，诗亦自不能佳。后人才不及古人，见古名大家亦有此等作，遂遗其独到之处，而专学此种，不复知诗之本意。于是豪杰之士出，不得不变其体格。如楚辞、汉之五言诗、唐五代北宋之词皆是也。故此等文学皆无题也。"接下就是"诗有题而诗亡"数句。王国维删除的这些文字，大要在说明诗词的"本意"以描写、表现自然与人生为主题，非用于表现外在而世俗的美刺投赠。自然与人生的主题是开放而深邃的，而美刺投赠则是固定而单一的。王国维认为如楚辞、汉代的五言诗、五代北宋词等即以自然人生为"本意"，故他们不以"题"自限。后人为求诗意显豁而标明主题，而且为古人原本无题的作品注明题旨，如此遂影响到一时创作之风气，也就容易忽略了表现自然人生的"本意"了。王国维的立说固然有其依据，但也确实有夸大立题作用的嫌疑。自然人生的本意是否就一定与有题形成对立？也是一个需要具体分析的问题。实际上，精妙的诗题同样也别具魅力的。

　　此则看似讨论诗词有题与无题的关系，实际上是强调"意"的"深远之致"的问题，仍可回到诗词言外之意的话题中来。王国维认为《诗经》、《古诗十九首》、五代北宋之词都无题，这种"无题"并非是没有主旨，而是无法找到能概括内容的题目，或者说勉强立一题目，反而将作品中所包含的丰厚意味限制住了，所以王国维说诗词的无题是因为"不能以题尽之"的意思。因为诗词语短情长，其意蕴以带有开放性和联想空间为上。所以王国维主张诗词的"无题"，不仅仅是强调有题无题的形式问题，而是在强调一种属于诗词特有的文体韵味。不过，王国维为了强化立论的气势，不免也有出语仓促之处，譬如北宋词中"有题"的现象就是不一而见的，如苏轼词更是以有题为主，则概将北宋词说为"无题"，就显得草率了。

王国维特别提到《花庵词选》、《草堂诗馀》两部词选的擅自立题现象确实比较突出，有的是出于演唱功能的需要，如《草堂诗馀》本为坊间歌唱而编选，为了方便歌伎根据情境选择曲词，故有季节、节序等分类，而每首作品之下更有将这种季节和节序具体化的现象。其实这种编排和点题多是姑妄言之，带有实用意义的。只是后人往往根据编者所加的题目去理解作品之意，恐怕编者当初也未料到。王国维认为读诗读词，就好像看一幅精美的山水画，观者但凭想象，感受其山水之形、山水之美就足够了，不一定要明确指出具体是某山某水。王国维的这一理念当然是有道理的，但其实点名某山某水，同样也不妨碍有想象力和审美能力的观众去联想到更多的审美空间的。只是"中材之士"往往会受这种有题的情况局限而已。

"诗有题而诗亡，词有题而词亡。"王国维的这一"判断"，我们自然不能过于质实去理解，因为王国维无非是以一种强力判断来强力反对"有题"——特别是后人擅自加题的现象而已。事实上，王国维自己的诗词有题的现象就不是偶然的。但从另外一个角度来说，一味以"无题"的形式来形成作品意旨的开放现象，也并非是上策。既然"有题"能限制"中材之士"的意义联想，则"无题"是否同样会让"中材之士"的意义联想茫然无归呢？

五六

大家之作，其言情也必沁人心脾，其写景也必豁人耳

目，其辞脱口而出，无矫揉妆束之态。以
其所见者真，所知者深也。诗词皆然。持
此以衡古今之作者，可无大误也。

【评析】

　　此则在手稿中原居第 7 则。王国维在对手稿斟酌序
次准备选录若干则发表时，此则一度被标为"一"，这
意味着这一则很可能更契合王国维撰述词话之初衷。只
是后来在王国维反复斟酌之下，境界说从词话中脱颖而
出，这一则才退居在后。据吴昌绶致王国维信，王国维
原拟撰《文学通论》一书，其《文学小言》即为其雏形，
加上其《人间词乙稿序》、《屈子文学之精神》、《古雅
之在美学上之位置》等宏观论述文学问题的著述，王国
维对文学基本原理的思考其实已经比较成熟。譬如文学
的本质与原质、功利的文学与审美的文学、人格天才与
文学之关系、文体演变的规律、叙事与抒情的区别、文
学的原创与因袭、文学盛衰的规律、地域文学的蕃衍、
治学的三种境界说、文学意境说、文学精神中的南北之
分以及大诗人形成的前提条件等等，都已经有比较明晰
的论述，若假以时日，王国维完成这本著作应该是水到
渠成的。只是后来王国维的学术兴趣有所转移，兼之辛

亥革命发生，王国维随之东渡日本，这本《文学通论》也就一直存留在曾经的想象之中了。

王国维对此则所述应该是充满信心的，所以不仅原拟列为词话之首，而且在境界说形成之后，也要将其列入其中。从本则内容来看，王国维从言情、写景、语言三个方面提出了系统的要求，并以"真"为基础，以"深"为旨归，认为不仅可以衡诸诗词等不同的文体，而且"古今之作者"都可以纳入到这一衡量标准之下。所以，这一则乃是泛论文学的根本问题。手稿关于这一则的修改不多，初刊本结尾"可无大误"在手稿上原为"百不失一"。手稿文字过于绝对，而初刊本文字则稍显缓和。手稿本此则结尾原为："此余所以不免有北宋后无词之叹也。"这一句本是归束到"词话"的主题，但王国维在初刊本中删除此句，或许是本则的理论原本比较厚实博大，加上这一主观色彩较浓的句子可能削弱了理论的正大。

此则虽不著"境界"二字，但无不是为"境界"二字而发。王国维显然并非以"境界"为词体独有之物，而是将其作为文学的基本特性来看待的。只是诗词更为强调境界，而词尤其以境界为"最上"而已。

情、景、辞三者是文学——特别是诗词的基本元素。王国维在词话中用了好多则以说明诗词的相通，并在为词体定义时也充分注意到诗与词在内容上的交叉现象。此则所说的"大家之作"其实对应的应该是有境界的典范之作，所以对情、景、辞三者的要求悬格很高。所谓"言情也必沁人心脾"，就是强调情感的感染力和穿透力；所谓"写景也必豁人耳目"，就是强调景物的真实性和生动性；所谓"其辞脱口而出"，就是强调语言的即兴和自然。将此三者与王国维论境界、论隔与不隔等理论对勘，在审美标准上彼此几乎是重合的。

王国维将这种情、景、辞的特点建立在"所见者真，所知者深"的基础之上。而所见者真其实需要作者"以自然之眼观物"的，即以超越利害关系的审美方式去观照事物，才能接触到最为真实的生活现象，也只有透过最真实的现象才能"所知者深"，才能发掘出最深沉的本质属性。王国维曾提出过观照事物的"入乎其内"、"出乎其外"的"出入说"，其实与此则也是可以互相对勘的，都可以置于境界说的范畴之内予以考量的。

五七

人能于诗词中不为美刺投赠之篇①，不使隶事之句②，不用粉饰之字，则于此道已过半矣。

【注释】

①美刺：即赞美与讽刺。美刺说是汉儒点评《诗经》的两种基本方式，"美"多集中于"颂"诗，"刺"多集中于"风"诗。

②隶事：以故事相隶属，即引用典故、故实之意。

【评析】

此则在手稿中原居第42则。手稿原文在"美刺投赠"下接有"怀古咏史"四字，盖怀古、咏史只是题材，而美刺投赠则涉及创作的目的，故为求意思集中，而删去"怀古"等四字。初刊本第55则即反对诗词之有"题"，原因是这些标明的题旨往往集中在"美刺投赠"上，以至忽略了自然人生之"本意"。王国维在发表时将这一部分内容删除，或许正想通过这一则来补前则之未备。

此则与前一则关系也十分紧密，"三不"云云其实正是对言情、写景、用辞而言的，只是反面立说而已。以此可见王国维立论之周密考虑。

美刺说本是汉儒解说《诗经》的基本范式，着重揭示其在比兴创作方式之中所包含的或颂扬先圣或讥讽现实的用意，实际上是从政治、伦理、道德等角度将《诗经》从"文学"的层面剥离出来。王国维反对诗人写美刺之篇，乃是将文学回归到文学本身之意。诗词所重在抒发一己之感情，讲究审美的纯粹意义，一旦陷入美刺的领域，就沦为政治、伦理的机械宣传了，其对"文学"意义的侵蚀也就不可避免。

"投赠"云云是针对"伪文学"而言的。唐宋以来的干谒投赠之风，因为带着明显的功利色彩，所以往往有抑扬过甚之处，充斥着虚情假意。王国维提倡境界说，以真景物、真感情为底蕴。而投赠之作恰恰失却了文学最重要的"真"，故为王国维深加贬斥。其实这一意思在《文学小言》已有集中的体现。第一则反对文学"以利禄劝"，认为"馎馎的文学决非真正之文学"，第二则说"个人之汲汲于争存者，决无文学家之资格也"，等等。这些言论都鲜明地表明了其纯文学的立场。而"美刺投赠"就不免反其道而行之了。

"隶事之句"与"粉饰之字"，则违背了"其辞脱口而出"的原则。因为无论是用典还是修辞，都可能在一定程度上损害到语言的生动和鲜明，更遑论即兴的创作方式了。用典使当下鲜活的意思要通过历史意象才能得以领会，这种当下与历史的结合不可能达到完全的契合程度，所以必定会带来作品意义的部分流失，典故的本意也必然会遮蔽掉当下感悟的部分意义。而粉饰之字则更在表象上妨碍了意义的彰显，失去了自然、真实的意味，所以也为王国维所不满。

　　当然，王国维说能做到这"三不"，便能于诗词之道"过半"，也显得过于乐观了。事实上，纯粹文学的审美并不是不美刺、不隶事、不粉饰，而是如何美刺、如何隶事、如何修饰。自然固然是一种美，适宜的创作技巧和修辞方式，也同样能造就一种文学的美。其中关键固在于作者创作素养是否高超而已。

<h2 style="text-align:center">五八</h2>

　　以《长恨歌》之壮采[①]，而所隶之事，只"小玉"、"双成"四字[②]，才有余也。梅村歌行[③]，则非隶事不办。白、吴优劣[④]，即于此见。不独作诗为然，填词家亦不可不知也。

【注释】

　　① 《长恨歌》：唐代诗人白居易所作长篇叙事诗。作于公元 806 年。全诗形象地叙述了唐玄宗与杨贵妃的爱情悲剧，"长恨"是此诗的主题。

　　② "小玉"、"双成"：出自唐代诗人白居易《长恨歌》："忽闻海上有仙山，山在虚无缥缈间。楼阁玲珑五云起，其中绰约多仙子。中有一人字太真，雪肤花貌参差是。金阙西厢叩玉扃，转教小玉报双成。闻道汉家天子使，九华帐里

梦魂惊。揽衣推枕起徘徊，珠箔银屏逦迤开。云鬓半偏新睡觉，花冠不整下堂来。"小玉，吴王夫差之女。双成，即董双成，传说为西王母的"蟠桃仙子"，相当于侍女，负责西王母与众仙的沟通。诗中"小玉"、"双成"意指杨贵妃在仙境中的侍女。

③梅村：即吴伟业（1609—1672），字骏公，号梅村，太仓（今属江苏省）人。著有《梅村集》等，有《梅村词》二卷。"梅村歌行"，当指其所作《圆圆曲》。

④白、吴：即白居易与吴伟业。白居易（772—846），字乐天，号香山居士。下邽（今陕西渭南）人。著有《白氏长庆集》等。

【评析】

此则在手稿原居第43则，乃前一则"不使隶事之句"的再度诠释，以是否隶事、隶事多少作为裁断诗人高下的重要依据。手稿文字与初刊本文字略异，而无关宏旨。

王国维将白居易的《长恨歌》和吴伟业的《圆圆曲》作了对比，发现《长恨歌》全诗不过用了"小玉"、"双成"四个字的典故，以代指杨贵妃在仙境中的两个侍女而已，其他皆是直接叙述唐玄宗与杨贵妃的悲情故事，文气直贯而下。王国维因此称赏白居易"才有馀也"，即不必利用隶事等来增强笔力，才气已足以支撑全篇。而《圆圆曲》中的典故几乎触目皆是：如以"鼎湖"代指崇祯的死；"采莲人"用西施故事；"早携娇鸟出樊笼，待得银河几时渡"，用牛郎织女的故事来代指吴三桂和陈圆圆；"可怜思妇楼头柳，认作天边粉絮看"，"楼头柳"化用王昌龄《闺怨》；"遍索绿珠围内第，强呼绛树出雕阑"，以晋代石崇爱姬绿珠和魏文帝曹丕宠妃绛树来代指陈圆圆；"一斛珠连万斛愁，关山漂泊腰肢细"，"一斛珠"用唐玄宗送梅妃一斛西域珍珠故事；"尝闻倾国与倾城，翻使周郎受重名"，用三国周瑜赤壁之战故事，等等。这种密集的典故使用在对偶句中，形成了全诗镂金错彩、典雅工丽的风格特征。但实事求是说，这种过多的典故，也难免会造成意为词累，特别是欲求其"语语都在目前"的效果，就勉为其难了。

毋庸讳言，《长恨歌》的艺术成就和影响力确实在《圆圆曲》之上。但是否可以将这种高低放在隶事这一点来衡量，这其实是有疑问的。王国维明确说"白吴优劣，即于此见"，不免带着意气。虽然说歌行体诗与律诗不同，确实不宜多用典，但吴伟业与白居易毕竟生活在不同的时代。吴伟业的过多用典其中自然会包含逞才显学的因素，但在清初颇为恶劣的政治环境中，文人的自由是极其有限的。吴伟业在《悲歌赠吴季子》诗中就说过"受患只从笔下始"的话，则为了避患而使用典故，曲折其意，深藏其思，也是有着深刻的时代背景的。既如此，则用典故使用的多少来裁断诗人诗作的高下，其未尽合理之处，也就昭然可见了。

五九

近体诗体制①，以五、七言绝句为最尊②，律诗次之③，排律最下④。盖此体于寄兴言情，两无所当，殆有均之骈体文耳⑤。词中小令如绝句⑥，长调似律诗⑦，若长调之《百字令》、《沁园春》等，则近于排律矣。

【注释】

①近体诗：即今体诗或格律诗，是唐代形成的律诗和绝句的通称，为区别于此前的古体诗，故称。讲究平仄、对仗和叶韵。近体诗包括绝句（五言四句、七言四句）、律诗（五言八句、七言八句）、排律（十句以上）三种，以律诗的格律为基准。

②五、七言绝句：即五绝与七绝，五绝每句五言，每首四句；七绝每句七言，每首四句。

③律诗：近体诗的一种。律诗发源于南朝齐永明时沈约等讲究声律、对偶的新体诗，至初唐沈佺期、宋之问时正式定型，成熟于盛唐时期。律诗分五律、六律、七律，其中六律较少见。律诗一般规定每首8句，也有仅为6句

的，则称为小律或三韵律诗；10句以上的，则称排律或长律。律诗要求全首通押一韵，限平声韵；每句中用字平仄相间，上下句中的平仄相对，有"仄起"与"平起"两式。

④排律：律诗的一种，又称长律，是按照律诗的格式加以铺排延长而成，故称。排律与一般律诗相同，严格遵守平仄、对仗、押韵等规则，韵数不低于五韵，多者可达一百韵。除首尾两联外，中间各联例须对仗。各句间也都要遵守平仄粘对的格式。排律以五言为多，七言极少。五言六韵或八韵的试帖诗也是排律的一种。

⑤骈体文：即骈文，亦称骈俪文、骈偶文、四六文等。是与散文相对而言的一种文体，产生并形成于魏晋时期。因其句式两两相对，犹如两马并驾齐驱，故被称为骈体。其主要特点是以四六句式为主，讲究对仗；在声韵上，运用平仄，韵律和谐；在修辞上，注重藻饰和用典。是一种相当重视形式技巧的

文体。

⑥小令：亦称令词、令曲，词体的一种。词体分小令、中调和长调三类，明人始有此明确划分，而将58字以内者称为小令。或认为小令出于唐人酒令，或认为小令最初当是音乐术语，燕乐曲破中节奏明快精炼的部分即叫小令。若干带有"令"的词牌有《调笑令》、《十六字令》、《如梦令》、《唐多令》等。

⑦长调：即慢词，词体的一种。一般字数较多，体制较长。明人将91字以上者定为长调，但争议颇大。

【评析】

此则在手稿中原居第55则，但与初刊本文字差异甚大。手稿原文是："诗中体制，以五言古及五七言绝句为最尊，七古次之，五七律又次之，五言排律为最下。盖此体于寄兴言情均不相适，殆与骈体文等耳。词中小令如五言古及绝句，长调如五七律，若长调之《沁园春》等阕，则近于五排矣。"初刊本虽然大体秉承了手稿本的意思，但文体脉络厘析得更为清晰，诗与词文体对应的合理性也有所增强。

此则言文体尊卑是表象，而以"寄兴言情"四字为内核，在朝代上为唐五代北宋，在体制上为小令张本。此是王国维用意曲折处。

文体本无所谓尊卑，但王国维却刻意要分出高下，其中当然有他的用心所在。他认为在近体诗中，绝句为尊，律诗次之，排律最下。这一排序，从现象上来说，是篇幅越长，地位越低。但何以会形成这样的"定势"呢？王国维提出了"寄兴"与"言情"两个问题。篇幅越短如绝句，因为字数限制，自然无法将情感在文字表面说透彻，所以只能以比兴的方式隐约点明，而将言外之意留待读者去想象，所以越是体制短小的文体，越是要讲究比兴的方式。体制长的文体可以详尽铺叙，而铺叙之中自然要形成以叙事为主体的结构，如此对于以"言情"为宗旨的诗歌文体来说，就不免偏离了方向。所以王国维说排律类似有韵的骈文，于寄兴言情"两无所当"。

　　说诗体尊卑，其实意在说词体尊卑。所以，王国维在为近体诗之尊卑排序完毕后，就过渡到词体尊卑之排序了。他把小令拟之如绝句，把一般性的长调拟之如律诗，而将《百字令》、《沁园春》等特别长的长调拟之如排律。其用意亦如近体诗之排序，在"寄兴言情"四字而已。所以这一则说到底，王国维就是要将小令的地位奉为最高。因为只有寄兴言情的小令才有境界可言，也只有唐五代北宋才是小令昌盛的时期，而南宋词则以长调居多。如此，即仅从小令一端也为王国维推崇唐五代北宋词提供了文体依据。

六〇

　　诗人对宇宙人生，须入乎其内，又须出乎其外。入乎其内，故能写之；出乎其外，故能观之。入乎其内，故有生气；出乎其外，故有高致。美成能入而不出；白石以降，于此二事皆未梦见。

【评析】

此则在手稿中原居第 118 则，与初刊本文字基本一致，只是手稿原文开头

作"词人"，后改为"诗人"。盖词人就一体而言，诗人乃对各体而言。王国维语境中的"诗人"意近"文学家"。此则泛论文学创作的规律性问题，自非词体可限。又，"宇宙人生"原稿为"自然人生"。

此则提出了著名的"出入说"，其求真、求深、求远的宗旨，意味着"出入说"是创造境界的重要途径。此则结尾所拈出的周邦彦和姜夔两人是王国维此前数度批评过的。在王国维看来，周邦彦多使用替代字，缺乏创意之才，故其作品也乏深远之致；姜夔看似格韵高绝，但因为不在境界上用力，所以不仅其作品情伪景隔，而且局促高门之下，其人品也带有伪饰的成分。由后观之，王国维提出"出入说"的目的乃在于补救周邦彦和姜夔等人之失，为其创造境界而导夫先路。

"出入说"是彼此关合的学说，合之则双美，离之则两伤。"入"是前提是基础，所谓"入乎其内"，非指浮光掠影的浏览或浅尝辄止的体会，而是要由表入里，入乎宇宙万物和人生思想情感之深层。如此，才能将宇宙万物和人生最本质和最深刻的东西潜心观察出来，细致品味出来，才能为文学创作提供最为丰富、鲜活和生气勃勃的情景素材。"出"是在"入"的基础上的提高和升华。"入"更多的是观照一物或数物之物性、一人或数人之情感，终究是有限的，近乎"有我之境"；而"出"则是超越宇宙人生的具体形态，以一种审美的心胸去审视被观之物，可以向无限延伸，从而观照、演绎出宇宙人生之普遍性的意蕴，近乎"无我之境"。所以，"入乎其内"是求实是体验，求实体验才能写出审美客体之精神气象；"出乎其外"是务虚是超越，务虚超越才能突破一物一人之所限，将意蕴向深沉广大方面拓展，才能将审美观照后的高远之致抽绎出来，表达出来。如此看来，王国维的"出入说"实包含着"有我之境"与"无我之境"之说，而且由先"入"后"出"，而反映出"无我之境"才是王国维人生诗学的最高追求。

当然，"出入说"并非王国维的首创，此前周济倡言寄托，也说过"非寄托不入，专寄托不出"的话题。龚自珍也在《尊史》一文中，从治史的角度提出过"善入"与"善出"之说。刘熙载《游艺约言》从"顺生"的角度也提出过"入乎形内，出乎形外"的说法。王国维的"出入说"则很可能是在诸家学说的基础上，围绕着文学创作的体验和思维过程，予以了更精当更深刻的提炼和概括，也因此，其"出入说"的学术影响也就更为深远。

六一

　　诗人必有轻视外物之意，故能以奴仆命风月；又必有重视外物之意，故能与花鸟共忧乐。

【评析】

此则在手稿中原居第 121 则。"故能以奴仆命风月"一句，手稿原作："清风明月，役之如奴仆。"大概是为了与"故能与花鸟共忧乐"一句形成句式上的对应，故王国维在手稿即修改为现句。此则言物我之关系，在重视外物的基础上，强调了诗人的主体地位。与前一则"出入说"可以对勘。只是"出入说"乃是就诗人观物而言的，此则则是就构思过程中的物我关系的变化而论。

从构思的顺序来看，"重视外物"应该在前。所谓重视外物，其实就是前则所谓对宇宙人生"入乎其内"之意。这种"重视"不仅仅是一种创作态度，更是一种审美方式。只有审美主体心境虚静，将物我之间的种种关系、限制之处排除掉，才能与花鸟——审美客体融为一体，体察出审美客体中所蕴含着的情感内涵。

只有曾经重视了外物，并曾经感受过外物的忧乐，才能进一步谈论轻视外物的话题。所谓"轻视外物"，乃是强调审美主体的主体性地位。诗人观物的目的不在于外物本身，而在于通过诗人的审美眼光发掘出外物所包含的精神内涵。诗人的眼光越纯粹，则对外物物性的把握便越准确越充分。可见，在观物的过程中，诗人的眼光始终是占据着主导地位的。借助最准确的物性

来表达诗人最深刻的感情，这才是诗人观物的意义所在。所以，诗人在与花鸟共忧乐之后，便是要以奴仆命风月了。如此，才能将物我的生命交流彰显到更高的高度。王国维对构思阶段性的描述确实是精确而到位的。

六二

"昔为倡家女，今为荡子妇。荡子行不归，空床难独守。"①"何不策高足，先据要路津？无为久贫贱，辘轲长苦辛。"②可为淫鄙之尤。然无视为淫词、鄙词者，以其真也。五代、北宋之大词人亦然。非无淫词，读之者但觉其亲切动人；非无鄙词，但觉其精力弥满。可知淫词与鄙词之病，非淫与鄙之病，而游词之病也③。"岂不尔思，室是远而"。而子曰："未之思也，夫何远之有？"④恶其游也。

【注释】

①"昔为"四句：出自《古诗十九首》之二："青青河畔草，郁郁园中柳。盈盈楼上女，皎皎当窗牖。娥娥红粉妆，纤纤出素手。昔为倡家女，今为荡子妇。荡子行不归，空床难独守。"

②"何不"四句：出自《古诗十九首》之四："今日良宴会，欢乐难具陈。弹筝奋逸响，新声妙入神。令德唱高言，识曲听其真。齐心同所愿，含意俱未申。人生寄一世，奄忽若飙尘。何不策高足，先据要路津？无为守穷贱，辘轲

长苦辛。”王国维将“守穷贱”误作“久贫贱”。

③游词：指游离于真性情之外的应酬或咏物之作。出自清代词人金应珪《词选·后序》：“……规模物类，依托歌舞。哀乐不衷其性，虑欢无与乎情。连章累篇，义不出乎花鸟。感物指事，理不外乎酬应。虽既雅而不艳，斯有句而无章。是谓游词。”

④“岂不”数句：出自《论语·子罕》：“‘唐棣之华，偏其反而。岂不尔思，室是远而。’子曰：‘未之思也，夫何远之有？’”

【评析】

此则在手稿中原居第 124 则，但在手稿中分隔两处，中间隔开评纳兰容若一则。从结构上说，自“五代、北宋之大词人”至“恶其游也”乃先撰写的文字，而“昔为倡家女”至“以其真也”则是后写的文字。王国维在手稿中已经将此二则用线条连缀在一起。正式发表时，仅有个别字词作了修改，但无关意旨。

此则的基本理念来自于金应珪的《词选·后序》。金应珪梳理词史时提出了淫词、鄙词和游词的“词有三弊”说。王国维以此作为学理基础，但对金应珪之说作了调整，取舍略有不同。

王国维认为有些淫鄙之词未可简单以“淫鄙”视之。如《古诗十九首》之二中“昔为倡家女”四句，因为游子未归而有“空床难独守”的想法，不免流于“淫”的嫌疑；而《古诗十九首》之四中“何不策高足”四句，则明确表达了因为无法安于贫贱而萌生追求功名之心，这个想法在清傲的文人眼里也不免显得粗鄙。但王国维认为就这些句中所表达的情感来看，确实有淫邪、鄙俗的

成分。但如此真实地袒露自己的胸襟，就文学的层面来说，完全可以看作与淫词、鄙词无涉的。

对于五代、北宋之词，王国维认为其情形略同于《古诗十九首》，虽然有淫邪，却读来亲切；虽然有粗鄙，但自有一种力量在。王国维因此而对金应珪的"三弊"说提出了质疑，因为金应珪是将三弊并列的，而王国维认为三弊之中，游词才是弊中之弊。"淫"和"鄙"本身不构成"弊"，只有当这种淫和弊用一种虚假或应酬的方式表达出来时，才因为其"游"而彰显出"淫"和

"鄙"的弊端的。王国维的这一判断正是建立在以"真"为文学之生命的基础之上的，其境界说以"真感情"为基本内涵之一，也可与此对勘。

在此则最后，王国维引用孔子对《诗经》中"唐棣"数句的评论，大意是说因为棠棣花生长较远，所以无法对其花开花落进行切实的思念。而孔子认为真正的思念根本就是与距离无关的。所以有无思念之心才是最重要的。王国维借用这一则评论，其意或在说明游词之病其实病在心的游离，没有很好地落实到真感情上，所以也导致了淫词、鄙词的出现。

六三

"枯藤老树昏鸦。小桥流水平沙。古道西风瘦马。夕阳西下。断肠人在天涯。"①此元人马东篱《天净沙》小令也②。寥寥数语，深得唐人绝句妙境。有元一代词家，皆不能办此也。

【注释】

①"枯藤"五句：出自元代散曲家马致远《天净沙》。"平沙"，他本多作"人家"。

②马东篱：即马致远（1250?—1324?），字千里，号东篱，大都（今北京）人。著有散曲集《东篱乐府》等。

【评析】

此则未见于手稿，当为发表时临时补写。何以在手稿尚存数十则未被选录的情况下，要特地补写这一则？这个问题也许很难有切实的回答。但王国维在手稿的第一则即从诗开论，而手稿的最后一则，乃是讲文体嬗变之规律。可见，"文体"意识是通贯《人间词话》的一条主线。而在初刊本的最后两则，一则论散曲，一则从杂剧开论，其从诗到词到曲的韵文文体观念十分清晰。所以，王国维乃是从韵文文体发展的源流中来考察词体特征与词学观念，这个结论应该是可信的。

所谓"唐人绝句妙境"，其实与五代、北宋词之境界略似。因为小令似绝句是王国维曾下的判断，而这种判断的核心就在于审美意趣上的相近。王国维论词体有"深美闳约"、"要眇宜修"之说，大意不出以简约精美语言表达深远不尽之意的内涵。此则引述的马致远《天净沙》乃是被誉为"秋思之祖"的名篇，以意象的连续呈现，在写秋景之中，将漂泊游子的悲情表达得淋漓尽致。前三句九个意象，本是秋季常见之景象，但马致远各自前缀一词，如"枯"、"老"、"昏"，等等。则景中之情就自然蕴含在景象之中了，尤其是"枯藤老树昏鸦"一句，虽貌似写景，其实在开端一句就把情感倾泻在里面了。末二句，又将此前的单个意象组合到黄昏落日的整体背景之中，描述了在夕阳西下之时流落天涯的诗人形象。至此，前面的景象和后面的人物形象遂融合成一幅萧瑟、凄凉的画面。其写情写景，真有一种绝大笔力。其间并无一个多余的字，也无一个与整体显得突兀的意象，情景结合也无一丝牵强连缀的痕迹，故其为高。

　　王国维在大力称道马致远《天净沙》的同时，却对有元一代的词人词作作了整体性的否定，这其实也是表明一种文体"始盛终衰"的基本规律，在揭示元曲取代宋词的客观现实的同时，隐含着"一代有一代之文学"的思想。

六四

　　白仁甫《秋夜梧桐雨》剧①，沈雄悲壮，为元曲冠冕②。然所作《天籁词》③，粗浅之甚，不足为稼轩奴隶。岂创者易工，而因者难巧欤？抑人各有能有不能也？读者观欧、秦之诗远不如词，足透此中消息。

【注释】

　　①白仁甫：即白朴（1226—1306?），原名恒，字仁甫，后改名朴，字太素，号兰谷先生，隩州（今山西河曲）人，徙居真定（今河北正定）。著有杂剧多种，词集名《天籁集》。《秋夜梧桐雨》剧：即白朴所作杂剧《唐明皇秋夜梧桐雨》，简称《梧桐雨》。此剧描写唐明皇、杨贵妃两人的爱情故事，抒情浓郁，诗味醇厚，文辞华美。剧本取材于唐代陈鸿的传奇小说《长恨歌传》和白居易的诗歌《长恨歌》，题目也因其中"春风桃李花开日，秋雨梧桐叶落时"诗句而得名。《梧桐雨》为末本戏，正末为李隆基。

　　②元曲：是元代杂剧和散曲的合称。由于文学史上元杂剧的成就和影响超过散曲，所以也有以"元曲"单称杂剧。杂剧在结构上一般四折一楔子，其曲

文由套数组成，间杂以宾白和科范，以用于舞台演出。散曲在体式上分小令和套数两类。小令又叫叶儿，体制短小，通常只是一支独立的曲子；套数亦名散套，由多支曲子组成，而且要求始终用一个韵。散曲用语一般比较俚俗，有民歌风味。王国维此处所用"元曲"是指杂剧。

③《天籁词》：即白朴词集《天籁集》，共二卷，存词104首。白朴为词，师法苏轼与辛弃疾，故集中多豪放旷达之作。

【评析】

此则在手稿中原居第83则。以这一则为初刊本煞尾，乃别具深意，因为王国维认为中国韵文的发展至元曲而告一段落，此后再无新的成功的韵文体式产生。故此则乃是从诗词曲的关系中来为全书作结。手稿本此则虽是初刊本之基础，但文字颇有差异。手稿原文云："白仁甫《秋夜梧桐雨》剧，奇思壮采，为元曲冠冕。然其词干枯质实，但有稼轩之貌，而神理索然。曲家不能为词，犹词家之不能为诗，读永叔、少游诗可悟。"且在手稿上，王国维便已多有斟酌。如初刊本"沈雄悲壮"四字，在手稿初作"奇情壮采"，"奇情"又一度改为"高情"，最后改为"奇思壮采"，但这些改动均未被吸收到初刊本中。对勘手稿本与初刊本，其文字差异尚在其次，其理论提炼才是最值得注意的。手稿本着重揭示曲家不能为词、词家不能为诗的基本现象。初刊本虽仍是在白朴、欧阳修、秦观三人之间比较其诗词曲的文体关系，但总结出"创者易工，因者难巧"的文体规律以及文学家"有能有不能"的个体特点。相形之下，这比在现象上比勘文学家在文体成就上的高低要更具理论性。王国维《人间词话》的理论性有很多就是在这种斟酌与提炼中慢慢形成的。

　　此则仍是承前一则之意，从一时代一作家一文体的多维角度来诠释"一代有一代之文学"的观念。前一则言元代散曲成就可观，而词体萎靡；这一则说白朴杂剧堪称元曲冠冕，而其词则粗浅之极。以一代论是如此，以一人论，亦是如此。

　　有元一代散曲家可以在创作中重造唐人绝句妙境，而词人则无法做到，这是词体已到了无法挽救的衰落时期的反映。此则再以白朴为例，其《梧桐雨》杂剧写唐明皇、杨贵妃之离合悲情，出以浓郁的抒情色彩、醇厚的诗味和华美的文辞，故有"诗剧"之称。就杂剧而言，王国维认为此剧堪称元曲中的冠冕之作。但有此创作才华的白朴在其词集《天籁集》中，却失去了神采。王国维说其词极其粗浅，连作辛弃疾的"奴隶"都不够格。因为白朴作词，乃是效法苏轼和辛弃疾的，故王国维直接将白朴与辛弃疾词作对比。王国维极意要说明的是元代乃是杂剧的时代，故其词已经不能再铸辉煌，他对白朴《天籁集》的评价应该纳入到这一文体观念中，才能得到更切实的理解。但平心而论，《天籁集》中也颇多率意而发、真实自然的优秀之作，一味以"不足为稼轩奴隶"而整体否定，也是不符合事实的。朱彝尊在《天籁集·跋》中即称其"自是名家"。《四库全书总目》也称《天籁集》"清隽婉逸，调适韵谐"。为了佐证自己的这一说法，王国维又将欧阳修、秦观的诗词作了对比，认为他们的诗远不如词。其实这种"远不如"的结论背后，与其说是创作成就的比较，不如说是文体观念的较量。宋诗的"寄兴言情"固然不及宋词，但从诗体发展的角度而言，宋诗的说理议论，正是其可与唐诗并驱的原因所在。

　　王国维在揭出这种文体创作不平衡现象的同时，对于何以形成这种不平衡的原因也作了初步探讨。他认为原因主要有二：其一，"创者易工，因者难巧"。一种文体在初始阶段，因为文体束缚较少，故寄兴言情能以一种自然方式进行，所以能呈现出蓬勃的文体活力。而后人沿袭这种文体，受限于越来越多的文体限制，所以反而容易遮蔽了性情，而多在技巧上追新逐能，文体之衰落遂不可阻挡了。其二，"人各有能有不能"。即诗人只能对切合自己秉性的文体发挥出自己的水平，而对其他的文体，只能成就一般，故文学史兼擅多体的文学家是十分罕见的。这种思想来源于陆游的《花间集·跋》，王国维在多则词话中反复举例，其实正是为了佐证陆游"能此不能彼"的说法的。除此之外，譬如时代审美观念的变化等，王国维就不暇关注了。